천국은 아니지만 살 만한

천국은 아니지만
살 만한

송은정 지음

 북폴리오

　북아일랜드를 떠나 1년 3개월 만에 돌아온 집에는 세 통의
편지가 나보다 먼저 도착해 있었다. 발신인과 수신인의 이름이 같은
그 편지는 조바심 많은 과거의 내가 미래의 나에게 보낸 응원의
메시지였다. 그중 가장 두툼한 봉투를 골라 열어보았다. 그 안에는
동고동락했던 4명의 친구들과 함께 찍은 사진과 엽서, 더블린에서 산
새끼손가락 크기의 '걱정 인형'이 동봉되어 있었다. 예나 지금이나
소심하기 이를 데 없는 나라는 사람의 모습에 피식 웃음이 났다.
엽서에는 별다른 안부 인사도 없이 소설가 김연수의 산문집《우리가
보낸 순간》의 한 구절만 덩그러니 쓰여 있었다.

　"지난 1년 동안, 수많은 일들이 일어났지만 결국 우리는 여전히
우리라는 것. 나는 변해서 다시 내가 된다는 것."

　캠프힐에서 보낸 1년 동안 나는 매일 '어제의 나'와 이별하는
시간을 가졌다.

한국을 벗어나 산다는 건 단순히 물리적 이동만을 의미하지 않았다. 특히나 그곳이 발달장애인들과 생활하는 시골의 작은 공동체라면 더더욱 그렇다. 캠프힐에서 나는 지금껏 으레 믿고 따른 방식과 가치관을 잠시 뒤로 밀어둔 채, 나를 둘러싼 모든 '다른' 것들과 새로운 관계를 맺어야 했다. 장애, 성별, 인종, 국적, 언어, 문화, 사고방식, 하다못해 날씨와 식습관에 이르기까지 일상 전체가 완전히 뒤바뀌었다.

낯설고 색다른 환경은 사고의 전환과 흥분, 해방감을 불러 일으켰다. 그러는 동시에 딱 그만큼의 두려움이 매일 밤 다른 얼굴로 나를 찾아왔다. 다름에서 비롯된 차이를 편견 없이 받아들이기에 나는 이미 바위처럼 단단히 굳어 있는 사람이었다. 매순간 부딪쳤고, 아팠다. 그렇게 하루하루가 지나면서 어제의 나는 오늘의 나와 미묘하게 달라져 있었다. 하지만 아직은 그 미세한 변화의 정체가

무엇인지, 그것이 앞으로 내 삶에 어떤 의미를 갖게 될지 알 수
없었다. 그저 이 지난한 과정을 통과하고 나면 보다 만족스러운 나로
변모해 있을 것이라 기대할 뿐이었다.

순진한 착각이었다.
다시 한국의 일상으로 돌아온 나는 여전히 부족하고 어설펐다.
캠프힐을 다녀왔다고 해서 한 인간이 퍽 괜찮은 존재로 단숨에
탈바꿈될 리 만무했다.
이 책이 나오기 전까지 나는 여러 해에 걸쳐 시행착오의 나날을
보냈다. 한동안은 매거진 에디터로 일했다가, 2년간은 '여행책방
일단멈춤'의 운영자로 살았으며, 지금은 전업 작가의 꿈을 위해 내
방 작은 책상 앞으로 매일 출근하고 있다. 다만 과거의 나와 차이가
있다면 더 이상 스스로 선택한 삶의 방식을 자책하거나 초조해하지

않게 됐다는 점이다. 지난 선택들이 실패와 도전의 무의미한 반복이
아니었다는 것. 오히려 내가 가장 원하는 방식의 일과 즐거움을 찾기
위한 여정이었음을 나는 깨달았다.

캠프힐에서 그랬듯 여전히 나는 어제의 나와 이별하는 시간을
갖고 있다. 그것은 곧 오늘의 나와 가까워지고 있음을 의미했다. 매일
조금씩 더 나다운 모습으로, 조금씩 매일. 할 수만 있다면 나는 이
출구 없는 이별을 기꺼이 되풀이할 생각이다.

그렇게 나는 변해서 다시 내가 되어간다.

PART 2

어딜 가든 삶은 따라온다

PART 3

나는 장거리 주자입니다

할 수 있는 만큼,
무리하지 말고

재취업의
뫼비우스 띠

직장인이라면 누구나 가질 법한 일상적인 불만들이 겹겹이
쌓이면서 내게도 퇴사와 이직을 고민하는 시기가 찾아왔다.
회사는 인문역사서를 만드는 작은 출판사였고 나는 그곳의 유일한
직원이었다. 편집이라는 직무는 만족스러웠다. 월급은 턱없이
적었지만 책을 만든다는 자부심이 물질적인 공허함을 채워주었다.
물론 그 순진한 마음은 반년을 채 넘기지 못했다.

이직 준비는 쉽지 않았다. 출퇴근길 지하철과 회사의 화장실
양변기에 앉아 틈틈이 구직 사이트를 훑어보았다. 적당한 요건을
지닌 출판사는 좀처럼 눈에 띄지 않았다. 지금보다 조금 더 높은
연봉이나 휴가를 자유롭게 쓸 수 있는 분위기를 바라는 것마저
욕심인 듯했다. 평균치의 삶을 살아보겠다는 마음은 마치 일확천금을
꿈꾸는 것만큼이나 헛되게 느껴졌다.

하루는 병원에 다녀오겠다고 거짓말을 한 뒤 반나절 동안

파주로 면접을 다녀왔다. 저녁 식사를 겸한 2차 심층 면접까지 치렀건만 끝내 합격하지 못했다. 아무 일도 없었다는 듯 다시 회사로 출근했다. 이러지도 저러지도 못하는 무기력한 오늘이 매일 반복됐다.

사무실 한편에 마련된 식탁에 홀로 앉아 점심 도시락을 먹던 중 문득 의아한 생각이 들었다. 왜 그렇게 이직을 하려고 안달인 걸까. 회사를 옮기고 나면 지금의 불평불만이 눈 녹듯 사라질까. 연봉이 조금 더 오르고, 휴가를 자유롭게 쓸 수 있게 된다면 삶이 만족스러워질까. 확신이 들지 않았다.

어쩌면 질문이 잘못된 건 아닐까. '어느 회사로 이직하고 싶으냐'가 아니라 '회사를 관두고 무엇을 하고 싶은지'를 물어야 했던 건 아닐까. 그동안 나는 '퇴사는 곧 이직'이라는 공식을 철저히 따르고 있었다. A와 B, C 출판사를 놓고 저울질하는 것 외에 다른 선택지는 상상조차 해본 적 없었던 것이다.

한때는 간절히 원했지만 내 것이 아니라 생각했던 어떤 꿈들이 떠올랐다. 파리에서 다큐멘터리 사진을 공부하고 싶은 나, 세계 일주를 떠나는 나. 까맣게 잊고 있던 과거의 내가 어느 정류장마다 남겨져 있었다. 적어도 나는 이직과 세계 일주와 파리를 동일 선상에 놓고 고민할 순 없었을까. 여전히 그 꿈이 불가능한 일일지라도. 몇 개의 가능성을 더 추가해 보았다. 대학 졸업과 동시에 일을 시작한

나를 위해 '아무것도 하지 않는 시간'을 선물하거나, 파리 대신 한국의 대학원에 입학할 수도 있다.

판도라의 상자가 열린 것처럼 상상의 나래는 끝없이 펼쳐졌다. 선택을 기다리는 수많은 가능성이 내 앞에 나타났다. 뫼비우스의 띠처럼 제자리를 맴돌던 이직 고민에 출구가 보이는 듯했다.

스물일곱 살. 무언가를 시작하기에 좋은 나이라는 생각이 막연히 들었다. 스물아홉이라면 지금보다 더 몸을 사렸을지도 모른다. 하지만 결정은 달라지지 않았을 것이다.

주변의 생각은 조금 달랐다. 스물일곱 살은 시작이 아니라 현재의 자리를 안정적으로 유지하는 데 힘써야 할 나이라고 조언했다. 직장은 물론 애인과의 관계도 마찬가지였다. 서른이 닥치기 전에 결혼과 출산을 준비할 필요가 있다는, '내가 해봐서 아는데' 식의 우쭐함이 벼려 있는 충고였다. 듣는 내내 고개를 끄덕였지만 한편으론 마음이 석연치 않았다.

우리는 각자 다른 인생의 시간표를 가지고 살아간다. 삶이 유한하다는 이유로 누군가는 성취를 향해 부지런히 달리겠지만, 반대로 나는 천천히 이 삶을 음미하고 싶었다. 내 앞에 놓인 정류장에 하나씩 들르며 그곳에 무엇이 있는지 들여다보고 싶었다.

캠프힐Camphill을 처음 알게 된 건 어느 온라인 커뮤니티의 호주

관련 게시판이었다. 평소 탐탁지 않았던 웹사이트에서 내 앞길을 인도할 한 줄기 빛을 발견할 줄이야.

애초의 생각은 이랬다. 진행 중인 업무가 마무리되는 대로 퇴사한 뒤 호주 워킹홀리데이를 떠나는 것. 대학생 때 경험해 보지 못한 아쉬움을 이번 기회에 해소할 참이었다. 일이 잘 풀린다면 그곳에서 번 돈으로 반쪽짜리 세계 일주나마 할 수도 있을 것이다. 그러나 생각은 어디까지나 머릿속에 머물러 있을 뿐 아직 구체적인 계획은 없었다. 우선 워킹홀리데이와 관련된 웹사이트와 블로그를 샅샅이 뒤지기 시작했다. 남반구에서 날아든 온갖 불길하고 희망찬 후기들을 읽으며 내일을 도모했다. 그러다 '해외 봉사 활동'이라는 키워드가 담긴 게시물을 우연히 발견했다. 평소 사회복지에 관심이 있거나 봉사 활동을 다닌 것도 아니었다. 가끔 까닭 없이 무언가를 선택하는 갸우뚱한 순간이 있는데, 이날이 바로 그랬다.

글은 영국 곳곳에 장애인과 함께 일하며 무료로 숙식을 제공받는 프로그램이 있다는 내용이었다. 단체의 이름은 캠프힐. 자세히는 모르지만 일단 무료 숙식이라는 말에 귀가 솔깃했다. 그동안 저축한 돈과 퇴직금을 합쳐봐야 기껏 2백만 원 남짓. 이 정도 자금으로는 호주에서 얼마 버티지 못할 게 분명했다. 그 글만으로는 충분치 않아 공식 홈페이지에 들어가 보았다. 아뿔싸, 첫 문장부터 마지막 문장까지 온통 영어였다. 원점으로 돌아가 국내

포털 사이트에서 캠프힐을 검색했다. 예상외로 이미 이곳을 다녀온 한국인이 꽤 많았다. 정보를 공유하는 인터넷 카페는 물론, 해외 자원봉사 프로그램을 연결해 주는 중개업체까지 활발하게 운영되고 있었다.

인터넷 카페에 올라온 3~4년 전의 후기부터 최근 것까지 꼼꼼히 읽어보니 익명의 게시자가 쓴 글은 다소 표현이 거칠 뿐 모두 사실이었다.

공식적인 문장을 빌리자면, 캠프힐은 인지학Anthroposophy의 창시자 루돌프 슈타이너의 철학을 기반으로 카를 쾨니히가 설립한 장애인 공동체다. 장애인과 비장애인이 한데 어울려 사는 작은 마을을 떠올리면 된다. 이런 형태를 띤 수백여 개의 공동체가 영국과 아일랜드를 중심으로 세계 전역에 흩어져 있다. 그곳에서는 나와 같은 자원봉사자를 일컬어 코워커co-worker라고 부른다. 이들에게는 숙식과 용돈 개념인 포켓머니가 지급되기 때문에 생활비가 거의 들지 않는다. 혹독한 노동력에 대한 작은 보상일 뿐 마냥 공짜는 아닌 셈이다.

고민의 시간은 길지 않았다. 공동체 생활에 대한 막연한 호기심, 유럽의 시골 생활에 대한 동경, 지친 심신을 정화해 줄 것만 같은 유기농 식단, 다양한 국적의 사람들. 캠프힐로 가야 하는 매력적인 이유들이 나를 손짓했다.

하지만 진짜 이유는 다른 데 있었다. 지금과는 다른 삶이 저곳에 있을 것이라는 희미한 기대가 나를 사로잡았다. 무엇이 다르고, 무엇이 달라질지는 아무도 알 수 없었다. 혹은 모든 것이 여전할지도 모른다. 알 수 없는 일을 향해 몸을 던지는 그 긴장감이 마음에 들었다. 꽤 오랫동안 느끼지 못한 감정이었다.

퇴사와 동시에 영문 지원서를 작성해 영국과 아일랜드 전역에 있는 10여 곳의 커뮤니티로 이메일을 보냈다. 내 자리 하나쯤은 있겠거니 내심 기대했지만 야속하게도 기회는 쉽게 주어지지 않았다. 까다로운 비자 발급 절차 때문에 아시아인은 받지 않거나 현재는 공석이 없다는 답변이 돌아왔다. 아예 회신이 오지 않는 경우는 더 많았다.

상심에 차 있을 무렵 반가운 소식 하나가 날아들었다. 북아일랜드에 위치한 몬그랜지 커뮤니티에서 승낙 메일이 온 것이다. 유일하게 받은 긍정의 답변이었다. 스크롤바를 내리는 집게손가락이 미세하게 떨려왔다. 언제쯤 올 수 있느냐는 물음에 비자를 받는 즉시 가겠다는 호전적인 답을 보냈다. 그 이후의 과정은 일사천리로 진행됐다. 반년에서 길게는 1년을 기다린 끝에 자리가 났다는 어느 후기와 달리 3개월 만에 초청장이 집으로 날아왔다. 이 한 장의 종이가 나를 북아일랜드로 데려다줄 예정이었다.

비행기 티켓을 결제하고, 볼런티어 비자를 받기 위한 서류를

차곡차곡 준비해 나갔다. 동시에 필리핀 선생님과의 전화 영어 강습도 시작했다. 매일 아침 11시 스카이프로 진행된 그녀와의 수업은 긴장감이 넘쳤다. 대화가 오가는 30분 동안 겨드랑이는 땀으로 흠뻑 젖었고, 통화가 끝나자마자 기진맥진해 침대에 드러누웠다. 아, 이런 허접한 상태로 가도 괜찮은 걸까. 자주 실의에 빠졌지만 스피킹 연습을 위해 따라 외우던 미드 속 주인공의 대사를 중얼거리며 마음을 다독였다. 얼마 지나지 않아 나 역시 저 주인공처럼 사람들과 화기애애한 농담을 주고받고 있으리라.

Episode 2.

천국은 아니지만
살 만한

벨파스트 공항으로 마중 나온 사람은 없었다. 수화물
무게 규정을 간신히 맞춘 대형 캐리어만이 허전한 내 옆자리를
지켜주었다.

늘 혼자 여행을 다녔고, 그 외로움마저 흔쾌히 받아들이던
나였지만 이번만큼은 마음 한구석이 못내 쓸쓸했다. 낯선 땅에서
일상을 살아내야 한다는 부담감이 뒤늦게 파도처럼 밀려왔다. 일상을
산다는 말만큼 다정하지만, 또 겁나는 게 있을까. 출근길 지옥철과
야근, 다달이 빠져나가는 카드 값과 게으른 자신과의 싸움이 일상의
맨얼굴이었다. 언제나 여행을 갈망했던 건 소란스러운 일상에서
잠시나마 나를 분리할 수 있기 때문이었다.

몬그랜지의 하루는 어떤 얼굴을 하고 있을까. 웃음과 즐거움이
넘치길 바라지만 속단하긴 일렀다. 단 한 번도 경험해 본 적 없는
장애인과의 생활이 마냥 쉬울 리 없다. 아직 영어가 입에 익지 않은

것도 걱정이었다. 한국어를 사용하는 사람들과도 수시로 감정이 상하고 마음이 비껴가기 일쑤인데, 어설픈 영어로 내 감정과 상황을 잘 전달할 수 있을까. 더 이상 돌이킬 수 없다는 걸 알면서도 생각은 자꾸 부정적인 방향으로 흘러갔다. 아이러니하게도 한국으로 돌아가는 비행기 티켓을 끊지 않았다는 현실이 어수선한 마음을 간신히 붙잡아주었다.

예상할 수 있는 모든 최악의 상황을 대비했건만 문제는 엉뚱한 곳에서 터졌다. 한국에서 가져온 신용카드 두 장과 현금을 소매치기당한 것이다. 북아일랜드에 도착하기 전, 나는 경유지인 프랑스에서 나흘간 머물 예정이었다. 파리의 공항에서 숙소로 이동하던 길이었다. 지하철 에스컬레이터가 갑자기 멈춰 서는 바람에 캐리어가 뒤로 넘어지고 말았다. 30킬로그램에 달하는 짐짝을 바로 세우려고 끙끙거리는 내가 안쓰러웠는지 10대 초반으로 보이는 사내아이가 도움의 손길을 내밀었다. 아! 정녕 그 손을 잡지 말았어야 했는데.

아이는 날 도와주는 척하더니 순식간에 크로스백 속의 지갑을 낚아챘다. 지갑에는 전 재산이 담긴 통장과 연결된 체크카드와 2개의 신용카드가 꽂혀 있었다. 목적지에 도착하기도 전에 1년치 비상금을 탈탈 털리고 만 것이다. 배낭 안주머니에 넣어두었던 40유로와 영국 파운드 몇 푼으로 애써 나를 위로해 보았지만 더 큰 불운을 막기 위한 액땜치고는 도가 지나쳤다.

벨파스트 공항 밖 하늘은 잿빛 구름으로 덮여 있었다. 달갑지
않은 첫인상이다. 머뭇거리던 눈치의 하늘은 내가 밖을 나서자마자
곧장 비를 쏟아붓기 시작했다. 우산이 있었지만 쓸 형편이 못 됐다.
한 손에는 무거운 캐리어가, 다른 한 손에는 뉴리로 가는 법이
적힌 종이가 쥐여 있었다. 이메일을 통해 먼저 인사를 나눈 카인은
나를 뉴리에서 픽업하겠다고 했다. 어색한 발음의 지명과 이름이
낯설면서도 동시에 묘한 흥분이 일었다. 문득 생애 첫 배낭여행을
떠나던 때가 떠올랐다. 긴장한 탓에 기내 화장실에서 토할 만큼
어리숙했던 내가 어느새 이만큼 자랐다.

몬그랜지에서 약 30킬로미터 떨어진 뉴리는 큰 버스 터미널이
있어 벨파스트와 더블린을 오갈 때 중간 거점이 되는 도시다. 주변
풍경을 살펴볼 여력도 없이 나는 버스에서 내리자마자 사방을
두리번거렸다. 아는 것이라곤 이름이 전부인 우리가 서로를 알아볼
수 있을지 노파심이 들었다.

"헤이!"

짧고 굵은 외침이 등 뒤에서 들려왔다. 고개를 돌리자 50대
후반의 인상 좋은 남자가 번쩍 든 손을 흔들며 내 쪽으로 다가오고
있었다. 몇 발짝 뒤로는 동행인 듯한 남자가 고개를 숙인 채 따라

걸어왔다.

"네가 응종이지? 난 몬그랜지에서 온 조라고 해."

어눌한 발음으로 '응종'을 찾는 그가 얼마나 반가웠던지 나는 과하게 고개를 끄덕였다. 내가 바로 그 '응종'인지 어떻게 알았느냐고 물을 필요는 없었다. 아무리 둘러봐도 이 주변에 동양인이라고는 나 하나뿐이었다. 카인의 남편인 그는 아내를 대신해 나를 마중 나왔다며 상황을 설명했다. 악수를 건네는 손을 맞잡으며 나는 "나이스 투 미츄" 하고 반가움을 표했다. 수백 번은 더 연습한 인사였다. 조는 자신의 옆에 서 있던 토마스를 내게 소개했다. 과묵한 표정의 그는 고개를 슬쩍 까딱이더니 별 인사말도 없이 곧장 조수석에 올라탔다.

운전을 하는 동안 조는 내게 조곤조곤 말을 붙였다. 마치 영어 듣기 평가라도 하듯 나는 그의 목소리에 온 신경을 집중했지만, 곧 그럴 필요 없다는 것을 깨달았다. 과하다 싶을 만큼 느린 속도로 대화를 잇는 그의 배려 덕분이었다. 긴장이 풀리면서 그제야 북아일랜드의 풍경이 하나둘 눈에 들어오기 시작했다.

여전히 쓸쓸한 하늘, 이끼로 덮인 담장, 여왕의 티아라를 부조한 붉은 우체통, 한가롭게 풀을 뜯는 양 떼. 구글맵의 스트리트뷰로 보았던 황량한 벌판 대신 그 자리에는 푸른 초원이 드넓게 펼쳐져 있었다. 배턴터치를 하듯 초원의 끝은 아일랜드해와 자연스레

PART 1. 할 수 있는 만큼, 무리하지 말고

연결됐다. 엇비슷하게 이어지는 풍경 속을 30여 분쯤 달렸을까.

"바로 저기야."

조가 가리킨 손가락 끝에는 빛바랜 표지판 하나가 서 있었다. 캠프힐로 들어가는 입구였다.

기어코 여기까지 오고야 말았다니 가슴이 덜컹 내려앉았다. 고군분투했던 지난 시간들이 머릿속을 빠르게 스쳤다. 불과 1년 전까지만 해도 상상조차 하지 못한 일들이 거짓말처럼 벌어지고 있었다. 누구의 강요도 아닌, 스스로의 결정으로 여기까지 온 것인데도 지금의 낯선 상황을 의연하게 받아들이기란 결코 쉽지 않았다. 설렘과 두려움은 마치 한 몸처럼 움직였다.

심란해진 나를 눈치챈 것일까. 뒷자리로 슬며시 고개를 돌린 조가 의미심장한 말을 던졌다.

"여긴 파라다이스는 아니야. 하지만 살기에는 꽤 괜찮은 곳이지."

애써 숨겨온 속마음을 들킨 사람처럼 순간 당혹스러웠다. 그의 염려처럼 나는 이곳이 고단했던 서울살이를 위로해 줄 지상낙원이길 바랐는지도 모른다. 실패와 거절로 점철된 멍든 일상에서 벗어날 수 있는 유일한 탈출구. 그런 막연한 기대가 나를 낯선 땅으로 이끌었다. 하지만 만에 하나 그 환상이 산산조각 난다면? 뒤늦은 후회를 수습하며 남은 시간을 한탄해야 할까.

캠프힐 입구를 향해 부드럽게 좌회전하는 차 안에서 내가 취할 수 있는 조치란 달리 없었다. 예측할 수 없는 미래에 대한 모든 판단을 1년 뒤의 내게 맡기는 것뿐.

섣부른 짐작으로 미리 울상 지을 필요는 없었다. 이제 겨우 나는 첫발을 내디뎠을 따름이다.

만나본 적 없는 사람들의
이름을 불러보았다

"우린 보통 8시쯤 아침을 먹어. 피곤할 테니 꼭 오지 않아도 돼."

설렘이라는 각성제는 늘 효과적이다. 충분히 휴식한 뒤 식사를 하러 오라는 어젯밤 카인의 말이 무색하게도 아침이 밝자마자 눈이 번쩍 떠졌다.

사람은 하루아침에 바뀌지 않는다더니, 이런저런 잔걱정이 많은 나는 그녀의 사심 없는 메시지를 몇 번이고 곱씹었다. 식사 시간에 맞춰 가야 민폐를 끼치지 않을 텐데, 쉬란다고 마냥 푹 쉬는 나를 흉보지는 않을까, 코워커 신분으로 온 것인데 당장 일을 시작해야 하는 건 아닐까. 누가 닦달한 것도 아니건만 저 혼자 안절부절못했다. 다행히 이런 고민을 단숨에 물리칠 만큼 몸이 천근만근이라 일단은 다시 침대에 누웠다.

좀처럼 잠이 오지 않아 한참을 뒤척거리다 결국은 점심시간을 코앞에 두고 자리에서 일어났다. 찌뿌둥했던 어제와 달리 오늘은

하늘이 더없이 가벼웠다. 지난밤 어둠에 가려 있던 카인의 집은
삼각형 박공지붕을 얹은 빅토리아 양식의 고풍스러운 주택이었다.
빨간 머리 앤이 당장이라도 걸어 나올 것 같은 현관 앞에 촉촉히
젖은 잔디밭이 펼쳐져 있었다. 시골 구석일망정 이곳 또한 유럽
어디쯤이라는 사실을 새삼 실감했다.

초인종이 보이질 않는 현관문 앞에서 잠시 망설이다 조심스레
손잡이를 돌렸다. 내부는 밖에서 짐작했던 것보다 훨씬 더
근사했다. 고택을 개조한 개인 소유의 박물관인 듯 오래된 멋이
물씬 풍기면서도, 개다 만 빨랫감처럼 곳곳에서 발견되는 생활의
흔적 덕분에 정감이 넘쳤다. 1층과 2층 사이의 벽면을 장식한
스테인드글라스 창 아래로는 무지개 볕이 계단을 수놓았다. 섬세하게
매만진 듯한 인테리어에 감탄하는 사이 어디선가 익숙한 한국말이
들려왔다.

"안녕하세요. 새로 온 코워커시죠?"

생각지도 못한 부산 사투리였다. 기다려왔다는 듯 은경이
화사한 미소로 나를 맞아주었다. 알고 보니 2주 뒤면 한국으로
돌아갈 그녀의 빈자리를 채울 다음 타자가 바로 나였다. 카인을
불러오겠다며 자리를 떠난 은경이 나는 벌써부터 부러웠다. 매순간
긴장의 연속인 나와 달리, 어색함 없이 자연스럽게 행동하고 말하는
그녀의 여유로운 태도에 절로 감탄이 나왔다.

테이블을 마주 보고 앉은 카인은 빈 종이를 꺼내더니 나무 뿌리처럼 생긴 가계도를 쓱쓱 그려 보였다. 각각의 줄기에는 하우스패런츠house parents인 카인의 가족과 코워커인 나, 그리고 4명의 빌리저들 이름이 달렸다. 이렇게 총 9명의 사람들이 '몬그랜지 하우스'라는 이름의 멋진 고택에서 살아갈 예정이었다(마을의 모든 집들은 각자 고유의 이름을 가지고 있다).

하우스패런츠는 한지붕 아래 거주하는 코워커와 빌리저를 관리하는 역할을 맡는다. 패런츠라는 살가운 명칭을 갖고 있긴 하지만 엄밀히 말하자면 직속 상사와 다름없다. 하우스패런츠의 위치는 독특하다. 그들에게 캠프힐은 '직장'이자 동시에 '집'이다. 캠프힐의 정신을 좇아 이곳까지 모여든 하우스패런츠들의 국적은 덴마크, 미국, 독일, 터키, 아이슬란드 등 각양각색. 이들 중 몇몇은 마을에 완전히 정착해 살아가며 캠프힐의 가치와 전통을 이어나가고 있다.

캠프힐에서는 장애인을 빌리저villager 또는 레지던트resident 라고 부른다. 의미 그대로 마을의 주민인 것이다. 토마스, 헬렌, 안나, 크리스틴. 종이에 적힌 4명의 낯선 이름들이 앞으로 나와 함께 생활할 빌리저였다. 어제 조와 함께 마중을 나온 과묵한 남자의 정체는 바로 빌리저 토마스였다.

카인은 한 사람씩 이름을 짚어가며 각자의 성격과 특징에

대해 들려주었다. 이들과 한 팀을 이루기 전 기본적으로 숙지해야
할 내용들이었다. 가족 관계라든가 나이, 참여하는 워크숍, 그리고
이들이 지닌 개별적인 장애에 관해서. 의학 용어에 미숙한 나를
위해 카인은 아주 천천히, 하지만 명확하게 단어를 발음하고
설명했다. 내가 제대로 이해하고 있는지 또한 반복해서 확인했다.
오리엔테이션과 같은 이 절차는 두툼한 서류 뭉치에 모두 꼼꼼히
기록됐다.

　　자리를 비운 빌리저들과 곧장 인사를 나눌 수는 없었다. 카인이
들려준 간략한 묘사에 기대어 그들을 상상해 보았지만 그럴수록
실체는 더욱 의뭉스러웠다. 마치 구술로 전해 내려오는 설화 속
주인공들처럼 점점 흐릿한 안개 속에 숨어들었다. 애꿎은 상상력은
접어둔 채 아직 만나본 적 없는 이들의 이름을 마음속으로 여러 번
불러보았다.

　　마음이 벌써부터 애틋해졌다.

각자의
인사 방식

몬그랜지는 마치 하나의 완결된 세계를 축소해 놓은 듯했다.

마을 안에는 빵을 굽는 베이커리, 베틀로 러그와 앞치마, 가방을
짜는 위버리, 과일 주스와 잼 등 저장 식품을 만드는 푸드 프로세싱,
작물을 재배하는 드넓은 밭, 소와 돼지 등 가축을 키우는 목장이
있다. 80명이 넘는 마을 구성원은 워크숍이라 불리는 저곳으로 매일
출근해서 노동을 한다. 각종 행사와 파티, 콘서트가 열리는 강당,
미사가 열리는 성당, 테라피스트와 전문 간호사가 상주하는 의료
시설인 헬리오스, 생필품을 구입할 수 있는 작은 상점도 빠짐없이
갖춰져 있다. 일상생활에 필요한 거의 모든 것들이 마을 안에서
해결되는 셈이다.

또 다른 한국인 코워커 해영이 노련한 가이드처럼 나를 마을
구석구석으로 안내했다. 동년배인 해영이 3년차 코워커라는 말을
들었을 때 나는 적잖이 놀랐다. 대학생이었던 그녀는 졸업을 위해

잠시 귀국했다가 다시 이곳에 돌아왔다고 한다. 캠프힐의 무엇이 그녀를 단단히 붙잡았던 것일까. 듣고 싶은 이야기가 많았지만 우선은 마을의 규모를 파악하는 데 급급했다. 혼자였다면 길을 잃었을 게 분명할 정도로 마을은 넓고 까마득했다. 비록 일차선이긴 하지만 차가 다니는 도로가 있고, 점점이 흩어진 집과 집 사이에는 들판과 나지막한 언덕, 사과나무 밭, 오솔길이 있었다.

작은 삼거리 앞에선 잠시 걸음을 멈춰야 했다. 어디선가 느닷없이 등장한 소 떼가 길을 막은 것이다. 형광 주황색 작업복을 걸친 파머farmer들이 방목해 두었던 소들을 축사로 돌려보내는 중이었다. 빠르게 달리는 오토바이나 횡단보도의 정지 신호가 아닌, 소 행렬에 몸을 피하는 눈앞의 상황에 웃음이 배시시 흘러나왔다. 긴장감으로 똘똘 뭉쳐 있던 마음이 시골의 느린 풍경 앞에서 여지없이 녹아내렸다. 해영이 그랬듯 어쩌면 예정보다 더 오래 이곳에 머무르게 될지도 모른다는 예감이 언뜻 스쳤다.

마침 워크숍을 여는 시간이라 발길이 닿는 몇 곳을 찾아가 보기로 했다. 사진 속에서만 존재했던 인물들을 직접 대면할 생각에 가슴이 두근거렸다.

첫 방문은 우드 워크숍. 목재를 사용해 마을에 필요한 가구와 기구 등을 만들거나 아트워크를 하는 곳이다. 분진이 폴폴 날리는 작업장은 날카롭고 육중한 기계들로 채워져 있었다. 우리를 가장

먼저 맞아준 이는 독일인 코워커 볼피였다. 장난기 가득한 표정의
그는 작업 중이던 흔들의자를 대뜸 보여주며 내게 어떠냐고 물었다.
완성되는 대로 판매할 생각이라는데 제값을 받을 수 있을지는
의문이었다.

　"어제 한국에서 새로운 코워커가 왔어."

　해영의 소개에 조용히 티타임 중이던 워크숍 멤버들의 시선이
내 쪽으로 쏟아졌다.

　"반가워, 내 이름은 송은정이야. 그냥 쏭이라고 부르면 돼. 그게
부르기 쉽거든."

　자동응답기의 안내 메시지처럼 나는 망설임 없이 자기소개를
시작했다. 성에서 따온 '쏭'은 친구들 사이에서 불리던 나의
오랜 별명이었다. 본명보다 더 자주 들은 터라 내겐 이름이나
마찬가지였다. 어색한 영어 이름을 짓는 대신 나는 이곳에서도
쏭으로 살기로 했다. 발음이 어렵지 않고 기억하기 쉬운 이름이어서
마음에 들었다.

　아직 익숙하지 않은 영어에 부끄러운 나를 세워둔 채 저들은
심드렁한 얼굴을 유지했다. 키가 190센티미터는 될 법한 중년 남성은
긴 다리를 꼰 채 티백 꽁다리를 들었다 놨다 하기 바빴고, 그 옆의
다른 사내는 멍하니 공중을 바라보고 있었다. 무례하다는 생각이
드는 것도 잠시 나는 그들이 빌리저임을 눈치챘다. 얼핏 봐서는 그저

평범한 50~60대 남성처럼 보이는 이들은 어딘가 미묘한 분위기를 풍겼다. 명확히 설명하기 어려운 거리감. 나는 그 느낌이 우리의 낯선 첫 만남에서 비롯된 것인지 아니면 내가 알지 못하는 어떤 이유 때문인지 판단하기 어려웠다.

어색한 분위기를 풀어준 건 워크숍 마스터 구미였다. 단어와 단어 사이에 쉼표 2개 정도의 공백을 넣는 화법의 그는 내가 태어나 처음으로 만난 아이슬란드인이었다. 캠프힐에 도착한 이후 매 순간 맞닥뜨리는 사소한 일들이 처음이거나 알 수 없는 것투성이라는 사실이 마냥 신기했다. 광각렌즈를 장착한 카메라의 뷰파인더로 바라보듯 세상의 화각이 조금 넓어진 것도 같았다.

가드너들이 쉬고 있는 밭 한귀퉁이와 소똥 냄새가 은은하게 퍼지는 축사 앞에서도 수줍은 소개는 계속됐다. 그중 어떤 이들은 오히려 내가 먼저 한발 뒤로 물러설 만큼 살가웠다. 심드렁한 표정의 대꾸만큼이나 선뜻 가슴을 내주며 어깨를 감싸 안는 다정한 인사가 나는 아직 어색했다. 세상에는 사람들의 수만큼 다양한 인사법이 존재하고 있었다. 그렇게 한바탕 마을 투어가 끝나자마자 나는 기절하듯 침대에 뻗고 말았다. 누적되어 있던 피로가 새 떼처럼 몰려와 어깨 위에 걸터앉았다.

얼굴을 베개 밑에 파묻자 조금 전 만난 얼굴들이 두서없이 떠올랐다. 베레모를 쓴 하관이 긴 남자의 말을 단번에 알아듣지 못해 몇 번이나 되물은 게 계속 마음에 걸렸다. 정확히는 그의 영어가 아닌 이야기를 이해하지 못한 것이었지만. 그의 문장 속에는 내가 짐작할 수 없는 어떤 상황과 등장인물이 담겨 있었다. 그것이 무엇인지 알기엔 우리가 공유한 시간이 턱없이 짧았다. 자전거를 멈춰 세우고 환영 인사를 건네던 할아버지의 기운찬 목소리도 여전히 귓가에 남았다. 덥수룩한 수염을 가진 그의 이름은 존이었던가.

불과 몇 시간 사이에 주고받은 수많은 인사들이 내 마음속에 저마다의 흔적을 남겼다.

낯선 섬
나의 보금자리

코워커들 중에 장애인과 관련해 전문적인 교육을 받았거나 일을 해본 경험이 있는 사람은 많지 않았다. 장애를 가진 친구나 가족이 있는 경우만 간혹 보았을 뿐이다. 나 역시 평소 한국의 장애인 관련 정책에 대해서는 제대로 아는 바가 없었다. 기껏해야 봉사 활동 시간을 채우기 위해 동네 복지관을 들락날락했던 중학교 때의 경험이 전부였다.

일부러 피하기라도 한 것처럼 나는 복지관에서 보낸 그 며칠을 되돌아보지 않았다. 가끔 어쩔 수 없이 그 기억을 떠올려야 하는 순간마다 마음이 불편했다. 복지관 건물을 감싸고 있던 쓸쓸하고 퀴퀴한 냄새가 좀처럼 잊혀지지 않았다. 이것이 내가 경험한 장애인에 관한 전부였다. 장애인을 차별해서는 안 된다는 학습된 도덕관은 그다지 쓸모가 없었다. 일상생활에서 그들과 정면으로 마주할 때마다 나는 어찌할 바를 몰랐다. 장애인과 장애우 사이에서 적절한 단어를 고르느라, 먼저 도움을 주어야 할지 말아야 할지를 고민하느라 진땀을 뺐다. 이토록 무지한 상태에서 나는 이곳에 오고 만 것이다.

다행히 몬그랜지에서는 나와 같은 무지렁이를 위해 파운데이션 코스를 준비해 두었다. 매주 수요일마다 신참 코워커들을 한데 모아 서너 시간씩 교육을 한다. 주제는 다양하다. 장애에 관한 기본적인 지식, 특히 몬그랜지에는 다운증후군과 자폐증을 가진 빌리저들이 많기 때문에 이 부분에 초점이 맞춰진다. 그 밖에도 캠프힐의 바탕이 된 인지학 강연, 심폐소생술 같은 응급처치법도 배운다. 늘 이렇게 지루한 주제만 있는 것은 아니다. 외부 뮤지션을 초빙해 아프리카 악기 젬베를 배우거나 연극 공연을 올리는 시간도 예정되어 있다.

파운데이션 코스가 진행되는 수요일 저녁에는 코워커들끼리 오붓하게 식사를 한다. 일주일 중 유일하게 다 같이 모일 수 있는 시간이었다. 베이커리를 정리한 뒤 은경과 함께 랜드빌딩으로 향했다. 뉴페이스를 발견한 코워커들이 크게 손을 흔들며 나를 맞아주었다. 아직은 낯익은 얼굴보다 처음 만나는 얼굴이 훨씬 많았다. 첫 등교를 하는 아이처럼 나는 은경의 옆에 바짝 붙어 식탁 근처로 다가갔다. 긴장할 틈도 없이 여기저기서 이름이 쏟아졌다. 소개는 길지 않았다. 이름과 아니, 이름이 전부였다. 나이와 학교,

형제 관계를 질문하는 사람은 없었다. 기껏해야 어느 하우스에서 살고 있는지 혹은 어디 출신인지 묻는 게 전부였다. 워낙 다양한 국가에서 오기 때문에 그 질문만큼은 하지 않을 수 없었다.

1시간가량 식사를 하는 평소와 다르게 간단히 허기만 채운 뒤 샌드위치 도시락을 싸기로 했다. 다 함께 다녀올 트레킹에서 나눠 먹을 간식이었다. 어느 곳이든 부지런한 사람은 따로 있는 모양이다. 매사에 활달한 소피아와 2년차 코워커 마그다, 그리고 마이라가 손발을 맞춰 샌드위치 속 재료를 착착 준비했다. 누가 시키지 않아도 눈치껏 일하는 한국인답게 나와 은경 역시 그들을 보조했다. 내용물은 별것 없었다. 버터를 쓱쓱 바른 빵 사이에 칼로 대충 썬 고다 치즈와 체다 치즈를 넣으면 끝. 잼과 버터, 초코 스프레드와 버터의 조합으로 다른 종류의 샌드위치도 몇 가지 더 만들었다. 커피와 홍차를 따뜻하게 끓여 보온병에 담는 것도 잊지 않았다.

목적지는 몬그랜지에서 30분 정도 떨어진 로스트레버 숲이었다. 생필품을 사기 위해 대형 쇼핑몰이 있는 뉴리에 잠시 다녀온 것을 제외하면 마을 밖으로 멀리 나온 것은 이번이 처음이었다.

내게 시골은 언제나 김제의 외할머니 댁과 동의어였다. 어느 방향으로 고개를 돌리든 노랗게 익은 벼가 시야에 가득 차던 곳. 매번 추석에만 다녀간 탓에 어린 나는 녹색으로 물든 논을 좀처럼 본 적이 없다. 그에 반해 북아일랜드의 시골은 초록 그 자체였다. 들판 너머 또 다른 들판이 물결처럼 일렁이고, 그 사이로 비바람에 씻겨 꼬질꼬질해진 양들이 어슬렁거렸다. 원색의 슬레이트 지붕이 앞다퉈 서로의 존재감을 뽐내던 김제의 스카이라인과 달리, 이 땅의 잿빛 돌집들은 사시사철 부는 비바람에 신물이 난다는 듯 건조한 표정이었다.

저 멀리 파도 하나 없이 고요한 아일랜드해가 보였다. 바다 건너 희미하게 보이는 땅은 아일랜드였다. 부끄럽게도 이곳에 오기 전까지 나는 북아일랜드와 아일랜드를 구분하지 못했다. 잉글랜드, 스코틀랜드, 웨일스와 함께 북아일랜드는 영국의 행정구역이지만 아일랜드는 엄연한 독립국가이다. 800여 년에 이르는 영국의 지배, 개신교와 가톨릭 간의 종교 갈등, 독립을 요구하는 아일랜드 공화국 군대의 무장 투쟁 등 처참했던 두 나라의 관계는 1921년 평화협정을 체결하고 나서야 안정을 되찾았다.

단일 화폐와 언어를 쓰는 반도국 사람인 내게 잉글랜드와 북아일랜드, 아일랜드 공화국의 복잡 미묘한 관계는 독특한 경험을 안겨주었다. 불과 1시간 30분 거리의 아일랜드 수도 더블린에 갈 때마다 파운드를 유로로 환전하는 번거로움은 당연하거니와, 런던 여행을 위해 북아일랜드 은행에서 발행한 파운드를 '잉글랜드 파운드'로 교환해야 했다. 동일한 1파운드지만 어느 행정구역이나에

따라 화폐가치가 달라지는 것이다.

산 중턱의 주차장에 차를 세우고 로스트레버 숲의 야트막한 오솔길을 올랐다. 사방을 둘러싼 침엽수림이 이국적인 분위기를 자아냈다. 크리스마스트리를 닮은 저 나무는 전나무일까 가문비나무일까. 언젠가 나무의 이름을 기억하는 사람이 되고 싶다는 생각을 한 적이 있다. 머릿속에 담긴 수만 가지 정보와 감정들 사이에서 시름을 걷어내고 그 자리에 나무나 꽃의 이름을 심는 것이다. 그러고 나면 저 식물들처럼 상냥한 사람이 될 수 있지 않을까, 그런 어리숙한 기대가 내겐 있었다. 마음만 먹으면 어려운 일은 아니지만 쉽지만도 않다.

달팽이집처럼 나선형으로 둘러진 길의 끝에 드넓은 갈대밭이 기다리고 있었다. 어느새 꽤 높은 지점까지 오른 모양인지 차 안에서 보았던 시골 풍경이 발아래 파노라마처럼 펼쳐졌다. 하늘을 가리는 높은 빌딩은 어디에도 없었다. 탁 트인 시야에 마음도 덩달아 개운했다. 아일랜드해와 닿은 강의 끄트머리는 햇볕에 눈부시게 반짝거렸다. 쉴 틈 없이 수다를 떨던 코워커들도 눈앞의 아름다운 풍경을 사진에 담느라 어느새 입을 다물었다.

곧 해가 저물 것 같아 정상까지는 가지 않기로 했다. 이곳에서 샌드위치를 먹자는 제프의 말이 떨어지기 무섭게 다들 마음에 드는 자리를 찾아 풀밭 위로 주저 없이 드러누웠다. 물기 어린 땅을 피해

나 역시 몸을 가로 뉘였다. 귓볼에 닿는 흙이 신경 쓰였지만 애써 관심을 다른 곳으로 돌렸다. 아직은 도시의 습관을 떨치지 못한 채였다.

발끝 너머로 침엽수림과 바다, 가느다란 강줄기가 한눈에 들어왔다. 이 섬의 일상 한귀퉁이에 내 자리가 놓여 있다고 생각하니 마음이 돌연 뭉클했다. 그러자 더 이상 이곳이 낯설게만 느껴지지 않았다. 내가 돌아갈 보금자리가 생겼다는 안도감이었다.

꽃을

어루만지는

동안

．

몬그랜지에 온 이후 나는 계절의 미세한 변화를 알아차리는 재미에 푹 빠졌다. 애써 노력하지 않아도 땅에 핀 꽃과 공기의 촉감이 알람처럼 나를 흔들어 깨웠다.

산책길에는 들꽃을 꺾어 유리병에 꽂아두었다. 한 아름 풍성하게 담은 모습도 보기 좋지만 한두 송이만으로도 충분했다. 값비싼 화병 대신 다 쓴 스킨병이나 투명한 유리컵에 꽂으면 그만이다. 가지에 붙은 잎을 하나씩 정리하고, 끝을 다듬고, 색과 모양을 맞춰 이리저리 조합하는 동안 나는 뜻밖의 휴식을 얻곤 했다. 아름다운 것을 만지는 시간은 고요했고, 잠시 그 고요에 잠겨 있다 보면 시답잖은 고민과 시름은 금세 사그라들었다.

양초와 꽃이 담긴 작은 화병.

이 두 가지만 있으면 작디작은 내 방이 조금은 더 다정해진다.

이제 겨우
아침이라니

마지막 휴일을 맞은 은경이 데이트립을 떠나고, 혼자서 일을 해야 하는 순간이 마침내 찾아왔다. 잘할 수 있을 거라는 그녀의 격려는 그다지 효과를 발휘하지 못했다. 눈을 뜨자마자 무거운 압박감이 가슴을 짓눌렀다. 눈치 없이 울리는 알람을 피해 이불 속으로 몸을 더욱 파묻어 보았지만 역부족이었다. 헝클어진 머리를 대충 모아 묶고서 몸을 일으켜 세웠다.

똑똑.

헬렌과 안나의 방문을 노크하는 것으로 하루가 시작됐다. 10초쯤 기다리자 이불 젖히는 소리, 간이 세면대에 물 떨어지는 소리가 방문 너머로 들려왔다. 이것은 안나의 아침이다. 그녀의 성격처럼 차분하고 조용하다. 우리의 첫 만남도 그러했다. 은회색 단발머리가 흘러내리지 않도록 이마 양쪽에 실핀을 꽂은 안나는 그날 분홍색 니트 가디건을 입고 있었다. 나를 보자마자 다섯

걸음쯤 떨어진 거리부터 오른손을 내밀며 다가오던 그녀의 환대에
나는 적잖이 감격했다. 하지만 웬걸, 막상 악수를 청하려 들자 마치
스카프를 얹듯 가볍게 손바닥을 맞댈 뿐이었다. 머쓱해진 나는 한껏
과장된 목소리로 인사를 건넸지만 돌아온 것이라곤 알 듯 말 듯 소리
없는 미소였다. 그 길로 안나는 홀연히 방으로 사라졌다.

반면 헬렌의 아침은 안나보다 요란하다. 노크가 울리기 무섭게
"예—쓰! 준비됐어" 하고 외친다. 그녀에게 '똑똑'은 아침을 여는
신호탄과도 같았다. 준비, 탕!

딸 엘라의 등교 준비를 돕느라 분주한 카인을 대신해 아침 식사
준비는 내 몫이었다. 한 숟갈만 더 먹길 바라는 엄마와 시큰둥한
표정의 딸, 미처 말리지 못한 젖은 머리, 뒤늦은 숙제 검사. 한국
엄마든 덴마크 엄마든 세상 모든 엄마들의 아침 풍경은 꼭 닮아
있었다.

카인이 정신없는 사이 나는 나대로 바빴다. 테이블을 세팅하고
무슬리와 과일, 우유를 제자리에 놓는 것까진 무사히 통과. 그런데
카인이 만들어두었다는 요거트가 어디 있는지 좀처럼 기억나지
않았다. 발을 동동 구르는 사이 마치 구세주처럼 토마스가 부엌에
나타났다. 어쩔 줄 모르는 나의 다급한 물음에 그는 손가락으로
넌지시 세탁실을 가리켰다. 여전히 모르쇠 얼굴인 내가 답답했는지
그는 결국 목적지까지 동행하고 말았다. 요거트가 담긴 스테인리스

냄비는 옷장 속 솜이불에 폭 싸인 채 부지런히 발효 중이었다.

　뉴리의 버스 터미널에서 만난 첫날처럼 토마스는 대체로 말이 없었다. 먼저 질문하는 경우가 흔치 않고 돌아오는 대답도 늘 단답형이다. 그것이 그의 우울증과 얼마만큼 관련이 있는지는 알 수 없었다. 다만 아침을 지나 저녁에 가까워질수록 그의 고개 또한 해가 저물듯 점점 아래로 기운다는 사실을 알아차렸다. 저녁 식사 뒤 거실에서 휴식을 취할 때면 그의 시선은 늘 바닥을 향해 있었다.

　하지만 그것이 토마스의 전부는 아니었다. 몬그랜지하우스 생활이 시작된 지난 몇 주 동안 나는 그에게 전적으로 의지했다. 음식물 쓰레기는 어디에 버려야 하는지, 프라이팬과 속이 깊은 냄비를 각각 어디에 두어야 하는지를 두고 매번 곤란해할 때마다 토마스가 내 손에 들린 길 잃은 물건들의 자리를 되찾아주었다. 드러내지 않을 뿐 그는 늘 그림자처럼 사람들 곁에 머물러 있었다.

　식탁을 정리하고 있는 내 쪽으로 안나가 소리 없이 다가왔다. 비유가 아닌 문자 그대로 안나는 말이 없었다. 언어를 잃어버린 사람의 표정이란 저런 것일까. 세상일에 무심한 듯한 그녀의 얼굴은 한결같았다. 분노와 짜증, 기쁨, 안타까움과 같은 마음의 동요가 드러나지 않았다. 간혹 눈썹을 뾰족하게 치켜세우며 감정을 표출하는 경우도 있지만 그 이상을 넘지 않았다.

　필요한 게 있느냐고 물으니 땀에 젖은 내 손바닥 위에 냉큼

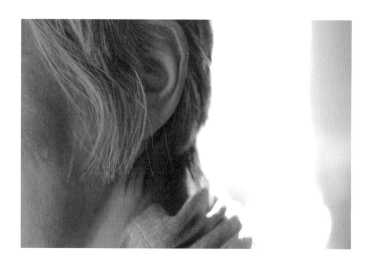

무언가를 쓰기 시작했다. 그녀는 자신의 가느다란 손가락으로 스스로를 표현했다. 손가락을 연필 삼아 지금 필요한 것, 원하는 것, 해야 하는 것, 하고 싶은 것을 허공에 새기는 것이다. 혹은 책상 위에, 책상이 없으면 손바닥 위에 보이지 않는 단어를 꾹꾹 눌러썼다. 마침 주변에 펜과 종이가 있다면 그것을 사용했다.

손바닥을 간지럽히는 안나의 손톱 끝을 나는 골똘히 바라보았다.

Anna frame photo

오늘의 첫 번째 문제. 문장을 엮는 대신 두세 개의 단어를 띄엄띄엄 나열하는 그녀로 인해 나는 늘 예기치 않게 스무고개 놀이에 참여해야 했다. 맥락 없이 제시된 단어들 사이에는 아무런 단서도 보이지 않았다. 이럴 땐 스무 개든 서른 개든 닥치는 대로 질문을 던져보는 게 최선이었다.

"혹시 사진 넣을 액자가 필요한 거예요?"

무심코 던진 물음에 안나가 고개를 끄떡이며 반응했다. 그것이 완전한 '예스'인지는 확신할 수 없지만 한 가지 가능성은 생긴 셈이었다. 카인에게 액자가 있는지 물어보겠노라고 답하는 것으로 오늘의 첫 번째 스무고개 놀이를 매듭지었다. 믿을 수 없게도 이제 겨우 아침의 시작이다.

자급자족
유기농 라이프의 시작

몬그랜지에 오기 전 나는 1년여 동안 채식을 했다. 계기는 갑작스럽게 찾아왔다. 값비싼 소고기를 맛있게 얻어 먹고 나서 제대로 급체한 바람에 지하철 2호선 신정네거리 역 개찰구 앞에서 잔잔한 구토를 한 직후였다.

사람들 앞에서 나는 굳이 '채식'이라는 단어를 사용하지 않았다. 어떤 이유로든 채식주의자라는 고백은 유난스러운 사람 취급을 받기에 충분했다. 고기를 먹어야 힘을 쓴다는 둥, 채식은 비싼 취미라는 둥, 주변 사람들에게 필요 이상의 조언과 염려를 듣는 것 또한 고역이었다. 마치 유행하는 가방을 따라 드는 것처럼 채식을 트렌드의 일종으로 치부하며 비아냥대는 이도 더러 있었다.

채식은 확실히 돈이 드는 행위였다. 나는 회사 근처의 생활협동조합에 가입했고, 장을 볼 때마다 유기농과 무농약, 일반 채소 사이에서 갈등하며 가격을 따졌다. 벌이에 비해 식비가 많이

드는 것 같아 마음이 불편했던 적도 있다. 하지만 그만한 가치가
있다는 사실을 몸으로 절감한 뒤로 나는 생각을 고쳐먹었다.

서서히 달라지는 몸의 변화는 놀라웠다. 기분 탓인지는
모르겠지만 채식을 시작하자 몸이 구름처럼 가벼워졌다. 사무실
책상에 앉아 병든 닭처럼 졸던 아침도 사라졌다. 채식을 겸해
인스턴트 식품을 끊고 야식을 먹지 않은 것이 한몫했다. 변화를
자각하고 나니 제대로 해보자는 생각이 들었다. 태어나 처음으로
자진해서 주말 산행에 나섰고 평일에는 꾸준히 운동했다.

채식은 놀라운 연쇄작용을 일으켰다. 시작은 그저 '고기를 먹지
않는 것'이 목표였지만 점차 건강한 식생활에 초점을 두게 됐다.
더불어 내가 먹는 음식의 생산, 유통 방식에 관심을 가지면서 동물
학대에 대해서도 자연히 깨달았다. 식습관의 변화가 나의 사고 영역
또한 한 뼘 더 넓혀주었다.

그런 와중에 만난 캠프힐의 자급자족 유기농 라이프는 나를
매혹하기에 충분했다.

이곳에선 식빵을 직접 굽고, 샐러드에 들어갈 양상추와
샐러리를 재배하며, 소와 양들을 초원에 풀어놓고 키운다.
베이커리에서 사용하는 모든 재료에는 오가닉 마크가 붙어 있고,
바이오다이내믹Biodynamic이라는 유기농법을 적용해 화학비료를

쓰지 않는 방식으로 작물을 재배한다. 수확한 감자와 오이, 파, 토마토, 각종 허브가 담긴 채소 상자는 손수레에 실려 집집마다 주기적으로 배달된다. 탱글한 노른자를 품은 계란 역시 닭들의 보금자리에서 매번 염치없이 훔쳐온 것이다.

마을에서 나는 식자재 중 내가 가장 좋아한 것은 목장에서 짠 우유였다. 살균 소독을 마친 신선한 우유는 만화 〈플란다스의 개〉의 한 장면처럼 주둥이가 좁은 양철통이나 커다란 저그에 담긴 채 부엌으로 도착했다. 사랑스럽기 이를 데 없는 풍경이었다. 새벽마다 파머들이 손수 짠 우유는 공장 제품보다 훨씬 풍미가 진하고 고소했다. 누런 지방 띠를 두른 오래된 우유는 약한 불로 미지근하게 끓이고 하루를 묵히면 홈메이드 요거트로 재탄생했다.

먹는 것을 스스로 일구는 삶은 멋졌다.

사계절 내내 지속되는 고단한 노동을 단순히 '멋짐'으로 미화하는 것이 적절할 리 없지만 달리 대체할 말을 찾지 못했다. 진흙으로 더럽혀진 웰리부츠를 신은 채 사방으로 땀 냄새를 풍기며 귀가하는 가드너들과 마주칠 때마다 나는 그들의 활기에 속으로 매번 감탄했다. "내일쯤이면 양들이 새끼를 낳을 거야. 새벽에는 보초를 서야 할 것 같아"라고 말하며 의연하게 밤샐 채비를 하는 파머들은 또 얼마나 듬직한지. 몸과 마음이 함께 움직이는 정직한 노동을 눈앞에서 목격할 때마다 절로 겸허해졌다.

적어도 그들은 자신들이 해야 할 일을 정확히 알고 있는 것처럼 느껴졌다. 지금 이 시기에 땅이 필요로 하는 것과 사과의 수확 시기를 놓치지 않았다. 실제로도 이들은 천체의 움직임과 계절의 변화를 섬세하게 포착한 특별한 달력을 활용했다. 우수, 청명, 입춘 등 24절기에 맞춰 벼농사를 짓는 것과 닮았다. 도시의 속도에 떠밀려 엉거주춤한 자세로 매일을 해치우듯 보내던 나의 지난 서울 생활에 비하면, 먹는 것을 스스로 일구는 삶은 자연의 리듬에 맞춰 춤을 추듯 가볍고 경쾌했다.

자주는 아니지만 내게도 그 리듬을 따라 몸을 움직일 기회가 몇 번 있었다. 감자와 블랙커런츠를 수확하는 시기였다. 품앗이를 하듯 그날은 모든 주민들이 워크숍을 쉬고 오로지 작물 수확에 매달렸다. 외할머니의 밭에서 엄마와 함께 단단히 여문 고추를 따거나 주말 농장에서 고구마 캐기를 '체험'해 본 것을 제외하면 나는 식물보다 낮은 자세로 허리를 굽혀본 일이 거의 없었다. 좀처럼 쓸 일 없는 근육을 사용한 바람에 온몸은 천근만근이었지만, 그날의 수고는 달콤한 블랙커런츠 주스와 잼으로 변신해 1년 내도록 내 혀를 즐겁게 해줄 예정이었다.

어쩌면 몬그랜지의 일상에 익숙해진다는 건 자연의 리듬을 하나씩 체득하는 과정인지도 모르겠다.

내겐 너무나 넓고
복잡한 마을

"웰컴! 스토어에 온 걸 환영해!"

요란스러운 환대의 주인공은 자빗. 왈츠를 추기 전 상대에게
정중한 인사를 건네는 신사처럼 그가 나를 향해 허리를 깊게 숙였다.
바짝 조여 있던 긴장의 끈이 툭 풀리면서 웃음이 터졌다. 터키에서
온 그는 스토어를 총감독하는 워크숍 마스터이자 롯지하우스의
하우스패런츠였다.

입구를 기준으로 기역 자 형태인 스토어는 크게 세 구역으로
나뉘었다. 식품과 생필품으로 선반을 채운 구역을 지나자 이번에는
아기자기한 소품이 가득한 크래프트 숍이 나타났다. 빌리저들이 직접
만든 목조각과 뜨개 용품, 엽서는 물론이고 다른 지역의 캠프힐에서
제작한 캔들이나 공예품도 진열되어 있었다. 공간 한편은 캠프힐과
인지학, 유기농법 등에 관한 책들로 서가를 꾸몄다. 사실상 이 구역은
몬그랜지의 기념품 숍이나 다름없었다. 실제로도 몬그랜지를 찾는

방문객들은 이곳에서 믿을 만한 품질의 식자재와 소품을 구입해
간다.

가장 안쪽 공간은 세 면이 전면 유리창으로 덮여 있어 여름의
청량한 빛이 바닥을 향해 쏟아져 내리고 있었다. 이곳은 주말에만
오픈하는 카페로 쓰이는데 지역 주민들도 이용할 수 있다. 판매하는
케이크와 쿠키 역시 몬그랜지의 베이커리에서 만든 것들이다.
카페라곤 하지만 특별한 인테리어의 흔적은 보이지 않았다.
장식이라고 해봐야 액자도 없이 벽에 붙여둔 그림 몇 점이 전부였다.
손가락의 뭉툭한 면으로 파스텔을 문질러 표현한 그림들은 각기 다른
빌리저의 작품이었다. 그림 속의 사람과 나무, 집, 천사, 동물들은
경계 없이 모두 한데 어우러져 있다. 지금껏 내가 그려왔던 캠프힐의
풍경과 꼭 닮은 모습이었다.

"이곳의 일은 간단해. 매일 물건을 배달하고, 스토어를 찾아
온 손님을 응대하는 게 전부야. 매출 장부에 물건을 구입한 사람의
이름과 내역, 가격을 적으면 되고. 곧 익숙해질 거야."

새침하게 미소 짓는 자빗이 스토어의 운영 방식을 설명해
주었다. 몬그랜지 내부에서는 현금이 오가지 않는다. 각 하우스와
빌리저들의 이름을 장부에 기록해 두었다가 매달 개인 계좌를 통해
정산하는 식이다.

"음, 그리고 또 뭐가 있을까?"

골똘히 고민하는 듯하던 그가 턱을 괴고 있던 손을 풀더니 내 한쪽 어깨를 톡톡 두드렸다.

"천천히 알아가면 되니까 우선은 여기까지. 할 수 있는 만큼만 하자고."

오전 내내 자빗은 '천천히' '서두르지 말고'라는 표현을 자주 썼다. 이제 막 들어온 나를 위한 배려였을까. 덕분에 어서 일을 익혀야 한다는 부담감이 조금은 사그라들었다.

은정 씨는 여기서 몇 년씩 일한 사람 같아. 일을 빨리 배우네. 어느 조직에 속하든 꼭 한 번씩 듣던 말이었다. 칭찬이었을까. 업무 분위기를 파악하기 위해 시종일관 눈치 안테나를 곤두세우던 오랜 습성이 뼛속까지 스며 있었다. 늘 삶이 고달파 보였던 부모님을 안심시키기 위해, 상사에게 꾸중을 듣지 않기 위해 끊임없이 스스로를 몰아세웠다. 그런 내가 서두를 필요 없다는 자빗의 배려를 사심 없이 따를 수 있을까. 하지만 이번만큼은 달라지고 싶었다.

그래, 할 수 있는 만큼만. 무리하지 말고.

스토어에서는 매일 아침 물건 배달에 나선다. 재밌는 건 모든 배송이 사람의 손과 발로 이루어진다는 점이다. 아날로그 배달 서비스의 절차는 이러하다. 9개의 하우스에서 필요한 식품과 물건 목록을 노트에 적어 스토어로 전하면, 스토어에서는 주문받은 물품을

챙겨 배달을 나선다. 하루에 세 곳씩, 요일마다 배달 가능한 하우스가 지정되어 있다.

첫날 아침 스토어 동료인 코너는 내게 바퀴 2개가 달린 묵직한 철제 손수레를 보여주었다. 늠름히 주차되어 있는 손수레를 끌고서 마을을 휘젓는다고 생각하자 그만 헛웃음이 터졌다. 도시 사람들이 꿈꾸는 소소한 아날로그 라이프와 실제 현실의 간극은 이토록 아득했다. 기술의 힘을 대신할 고된 노동은 생각하지 않고 그저 낡고 따뜻한 무언가로 '퉁치는' 것이다.

"몬그랜지는 엄청 넓잖아. 대체 무슨 수로 배달을 한다는 거야?"

나도 모르게 격앙된 목소리가 튀어나왔다.

"걱정 마. 팔 힘 좋은 니콜이 수레를 끌 거니까."

수심에 찬 내 얼굴을 바라보며 코너가 말했다. 배달 당사자는 니콜이며 가끔 짐이 많을 때만 나서서 도와주면 된다는 것이다. 그의 말에 나는 더욱 당혹스러웠다. 작은 체구의 니콜 혼자서 손수레를 끈다는 게 오히려 이상하지 않은가. 어려 보이는 외모와 달리 마흔이 훌쩍 넘은 나이인 데다, 그녀가 다운증후군이라는 사실 역시 내게 일종의 죄책감을 심어주었다. 하지만 그녀와 함께 일을 시작하자마자 그 모든 우려가 노파심이었음을 깨달았다.

니콜의 몸은 레슬링 선수처럼 탄탄했다. 코너의 말대로 몇 년에 걸쳐 단련된 몸이었다. 스포츠를 좋아하는 그녀는 매주 농구 연습을 다닐 만큼 에너지가 넘치는 사람이었다. 운동이라고는 숨쉬기와 걷기가 전부인 나보다 훨씬 건강해 보였다. 체력뿐만 아니라 그녀의 대찬 성격이 나의 조력을 용납하지 않았다. 본인에게 맡겨진 일은 반드시 스스로 해결해야만 직성이 풀렸다. 좀처럼 의지하는 법이 없고, 행여나 도움의 손길이 다가올라치면 재빨리 그 손을 거둬냈다.

하루는 잉글랜드의 동생 집으로 휴가를 떠난 니콜을 대신해 혼자서 배달을 나서게 됐다. 코너의 도움을 받아 7개의 상자를 손수레로 옮긴 뒤 얇은 천 장갑을 손에 끼웠다. 이쯤 되니 마치 화성 탐사를 떠나는 외로운 대원처럼 비장한 기분이 들었다. 혼자서 무거운 손수레를 끄는 것보다 길을 잃을까 봐 더 걱정이었다. 지독한 방향치인 내게 몬그랜지는 너무나 넓고 복잡한 마을이었다. 갈림길마다 표지판이 세워져 있긴 하지만 그 역시 방향만 가늠할 수 있을 뿐 구체적인 위치는 알려주지 않았다. 아발론, 아이오나, 아르메시아 등 성경에서 따왔다는 하우스의 낯선 이름들 또한 나를 혼란스럽게 만드는 데 일조했다.

한 가닥 희망이 있다면 은경이 떠나기 전 내게 남긴 마을 지도였다. 한동안 길이 헷갈릴 것이라며 즉석에서 쓱쓱 그려준 지도에는 하우스와 워크숍의 위치가 표시되어 있었다. 그녀 역시 나처럼 곤란했던 때가 있었다고 생각하니 묘하게 위로가 됐다. 곱게

76

PART 1. 할 수 있는 만큼, 무리하지 말고

접은 지도를 손에 쥐고 손수레를 힘껏 끌어당기며 첫발을 뗐다. 끙소리가 절로 나왔다.

첫 목적지까지는 아무런 문제 없이 미션을 완료했다. 하지만 이제부터 문제였다. 다음 행선지로 향하는 머릿속 기억과 지도상의 길이 달라도 너무 달랐다. 지나가는 사람이 있다면 붙잡고 물어보련만 그림자 하나 보이지 않았다. 주머니 속 휴대전화는 오직 카메라 기능만 할 뿐이었다. 엎친 데 덮친 격으로 수레의 한쪽 바퀴마저 펑크가 났다. 어쩐지 분명 상자가 줄었는데도 손수레가 점점 무거워지더라니. 남은 바퀴 하나로 여지껏 끌고 왔던 것이다. 퉁퉁 부어오른 손아귀를 가만히 내려다본들 좀처럼 묘수가 떠오르지 않았다. 손수레를 내팽개치고 돌아가야 하나. 그때 누군가 내 쪽을 향해 걸어오는 모습이 보였다.

"난 스토어에서 일하는 새로 온 코워커야. 라파엘로 가고 싶은데 길을 잘 모르겠어. 알려줄 수 있을까?"

절박함이 부족해 보였던 것일까. 아니면 이해하기 어려울 만큼 내 영어가 형편없었던 것일까. 상대는 내 얼굴을 빤히, 그저 빤히 바라만 보았다. 어색한 정적이 우리 둘 사이를 맴돌았다. 순간 아차 싶었다. 그 역시 빌리저로구나. 손목에 찬 시계를 보니 점심시간까지 불과 20여 분밖에 남지 않았다. 여태 돌아오지 않는 나를 두고 자빗과 코너가 무슨 생각을 할까. 마음이 초조해지기 시작했다.

천만다행으로 때마침 하우스로 돌아가던 길인 볼피와 마주쳤다. 그는 점심 식사를 미룬 채 배달은 물론이고 고장 난 손수레를 스토어까지 흔쾌히 끌어주었다. 상황이 종료되었을 때는 이미 12시가 훌쩍 넘은 시각이었다. 자빗과 코너가 수레를 살펴보는 동안 그간의 사정을 설명한 건 내가 아닌 볼피였다. 정작 당사자인 나는 스스로를 변호하기 위한 영어 문장을 만드는 데 정신이 팔려 있었다. 준비를 마친 하소연을 풀기도 전에 자빗은 어서 밥이나 먹으러 가자며 내 등을 떠밀었다.

그날 밤 나는 침대에 누워 오전의 소란을 되감아보았다.

석연치 않은 일이 벌어진 날에는 꼭 이렇게 스스로를 괴롭히는 고약한 취미가 있다. 실수한 것은 없는지 장면마다 일시정지를 눌러 사람들의 표정과 말투를 살펴보았다. 그러다 순간 마음이 머쓱했다. 밉보이는 게 싫어 전전긍긍하는 내가 사람들 틈에 서 있었다. 평판을 신경 쓰는 나, 듣기 좋은 말만 기대하는 나. 제대로 표현도 못 할 거면서 오해는 받고 싶지 않은 내가 안쓰러워, 결국엔 울고 말았다.

어쨌거나
행복한 사람

크리스틴과의 첫 만남은 내 인생에서 꼽을 만한 명장면 중의 하나였다.

마을에는 불문율이 있다. 점심 식사를 마친 1시에서 2시 사이에는 전화를 걸거나 하우스에 방문하지 않는 것. 누구도 이 나른한 공기를 깨트려서선 안 된다. 하지만 크리스틴은 예외였다. 평화롭게 휴식을 취하던 어느 오후. 현관문을 벌컥 열어젖힌 그녀가 쩌렁쩌렁한 목소리로 존재감을 뽐내며 안으로 들어섰다. 마침 부엌에서 나오던 나는 목소리의 주인공과 바로 정면에서 얼굴이 마주쳤다.

곱슬곱슬한 짧은 머리, 살짝 벌어진 앞니, 화려한 팔찌를 겹겹이 찬 중년 여성. 소문으로만 듣던 그녀가 돌아왔구나! 마을에서 '가장 상대하기 까다로운 사람'이 여름 휴가 중이라던 은경의 말이 불현듯 떠올랐다.

잠시 딴생각에 빠질 겨를도 없이 어느새 나는 그녀의 품에
폭 안겨 있었다. 완력이 어찌나 좋은지 순간 흡 하고 숨이 멈췄다.
그렇게 당황한 틈을 타 이번엔 볼까지 내주고 말았다. 그녀의 기습
뽀뽀에서 달큰한 입냄새가 풍겼다. 어안이 벙벙해진 나를 향해
그녀가 말했다.

"아임 해피!"

크리스틴의 독특한 캐릭터는 그녀가 가진 '어찌할 수 없음'에서
기인한 듯했다. 그녀의 눈은 세상을 납작한 평면으로 인식한다.
말하자면 크리스틴의 세계에는 계단이 존재하지 않는다. 처음 그
설명을 들었을 때 나는 좀처럼 그 말의 의미를 실감하지 못했다.
도화지 위의 그림처럼 밋밋한 세계가 실재한다는 사실을 온전히
이해할 만한 상상력이 내겐 부족했다.

그런 까닭에 크리스틴은 생활의 많은 부분을 코워커에게
의지하고 있다. 이를 닦고, 세수를 하고, 옷을 입고, 희뿌연 안경알을
닦고, 화장실을 다녀오고, 접시 위의 음식을 잘게 썰고, 산책을 하고,
목욕을 하고, 파자마를 갈아입고 이불을 덮기 직전까지, 그녀의
곁에는 코워커가 동행한다. 한 개인의 생활을 구성하는 요소가
100가지라면 크리스틴은 그중 99가지에 관해 타인의 도움을 필요로
하는 것이다. 오롯이 혼자인 순간은 소파에 앉아 휴식을 취하거나
잠을 잘 때뿐이다. '상대하기 까다로운 사람'이라는 것과 '단단히

각오가 필요하다'는 주변의 말은 일거수일투족을 함께하는 데서
비롯되는 작은 충돌을 의미했다.

그녀는 사람들과 팔짱 끼는 것을 좋아한다. 문제는 가끔 팔뚝이
얼얼할 만큼 힘주어 잡을 때다. 상대가 팔을 빼내거나 피하려는
기색을 보이면 동아줄을 부여잡듯 매달리다시피 한다. 멀쩡한
다리를 절뚝거리고 짧은 욕을 뱉거나 빽 소리를 지르는 것도 예사다.
하루에도 수차례 반복되는 일상이다. 사랑한다는 표현을 서슴치
않다가도 돌연 신경질적인 태도를 보이는 크리스틴을 나는 온전히
이해할 수 있을까. 감당하기 어려운 막연한 공포가 아주 오랜 시간에
걸쳐 그녀의 내면에 똬리를 튼 듯했다. 완강한 고집, 히스테리,
필사적인 걸음, 애정 어린 키스. 아무런 의심 없이 그녀의 존재
자체를 받아들이는 수밖에 다른 도리가 없다.

문을 노크하고 조심스럽게 손잡이를 돌렸다. 커튼으로 단단히
여민 방 안은 아직 한밤중이었다. 스탠드 조명이 있음직한 자리로
손을 더듬어 불을 켜려는 찰나, "헬로우!" 하고 외치는 하이 톤의
목소리가 어둠 속에서 들려왔다. 매일 듣는 아침 인사인데도 여전히
놀란 나는 손에 든 쟁반을 또 한 번 놓칠 뻔했다.

"굿모닝, 크리스틴."

스탠드 조명을 켜자 노란 불빛 아래로 붉은색 파자마를 입은

크리스틴의 실루엣이 드러났다. 무슬리와 허브티가 담긴 쟁반을 우선 테이블에 올려두었다. 언제부터인지 알 수 없으나 그녀는 사람들과 함께 아침 식사를 하지 않았다. 크리스틴의 예민한 신경과 코워커의 분주한 아침을 모두 고려한 극단의 선택이었을 것이다.

시린 눈을 부비며 그녀가 다시 한번 헬로우를 외쳤다. 말 그대로 외침에 가까운 인사였다. 잘 잤느냐는 내 대꾸는 뒤로한 채 어제와 같은 질문 공세가 시작됐다. 장소와 상대를 불문하고 그녀는 묻고 또 물었다. 흐트러진 이불을 정리하고 오늘 밤 갈아입을 새 파자마를 그녀의 베개 아래에 넣으며 나는 물음에 성심껏 응하기 위해 노력했다.

"이름이 뭐야?" 쏭이라고 부르면 돼요. "소옹?" 맞아요. "아임 해피!" 행복하다니 다행이에요. "소옹, 어디서 왔어?" 한국에서요. "소옹?" 왜요? "아임 해피!" 그래요? 그것 참 잘됐네요. "소옹?"

크리스틴은 '아임 해피'라는 말을 자주 썼다. 정작 그녀가 얼마나 행복한지는 미스터리로 남아 있지만 여하간 그랬다. 밥을 먹다가, 새끼손가락 손톱을 질근질근 씹다가, 샤워를 하다가, 멍하니 소파에 앉아 있다가 뜬금없이 '아임 해피'를 외치며 상대에게 자신의 안위를 알렸다. 그 말의 의미가 '난 괜찮다'로 느껴진다던 은경의 말에 나는 고개를 끄덕거렸다.

이유야 어쨌든 그녀가 행복하다면 다행인 것 아닌가.

먼 곳에서 만난
제주

일주일에 한 번씩 돌아오는 코워커의 휴일은 퍽 건전하다.
라이딩이나 등산, 혹은 몇 시간씩 자전거를 타고 산을 오른다.
이곳에서 만난 대부분의 코워커들은 자연을 즐기는 데 익숙해
보였다. 특히 유럽에서 온 10대 코워커들이 자진해서 트레킹에
나서는 모습은 의외였다. 저맘때쯤 나는 함께 등산을 가자는 아빠의
말을 흘려듣기 일쑤였는데.

가끔 이웃 도시로 놀러 가기도 하지만 비싼 교통비 때문에
자주 있는 일은 아니었다. 5분 거리의 킬킬행 편도 버스비가 한화로
2천 원 남짓인 데다 드물게 정차하는 버스 시간표를 맞추는 일
또한 번거로웠다. 혹은 이런 방법도 있었다. 몬그랜지에서는 개인
차량 대신 공용 자동차를 사용하는데, 도서관 앞에 비치된 서류에
운전자와 이용 날짜, 목적지를 적으면 예약이 완료된다. 운전을 할
수 없는 코워커들은 이 예약 리스트를 미리 살펴본 뒤 방향이 맞는

하우스패런츠의 차를 얻어 탔다. 자리가 부족하지 않는 한 거절당할 일은 거의 없었다.

쉬는 날이 같은 코워커들과 함께 몬 산맥으로 트레킹을 떠났다. 몬 산맥은 북아일랜드 카운티다운 지방의 대표적인 자연유산이자 트레킹 코스로도 잘 알려진 곳이다. 마을 어디서든 고개를 들면 늠름한 자태의 몬 산맥이 보였다. 수레를 끌고 배달을 하는 와중에도, 크리스틴의 손을 잡고 산책을 할 때도 내 시선의 끝은 늘 완곡한 능선에 머물렀다. 평원과 층고가 낮은 건물뿐인 이곳에서 시야를 가로막는 건 오직 구름뿐이었다.

가느다란 빗줄기가 떨어졌지만 약속을 취소할 핑계는 되지 못했다. 궂은 날씨가 일상인 이곳에선 겨우 이 정도 비로 트레킹을 포기하지 않는다. 출발 전, 길 위에 지도를 펼친 소피아가 짧은 브리핑을 시작했다. 내 눈엔 그저 다 똑같은 산이며 벌판인데 그녀는 실선으로 표시된 도로와 등고선, 지명을 척척 읽어내며 어떻게 루트를 짜면 좋을지 의견을 내놓았다. 혼자서도 곧잘 산행에 나서는 마그다 역시 가만히 있을 리 없었다. 하우스파더에게 빌려 온 산행 지도를 내밀며 추천 코스를 제시했다. 논의 끝에 뉴캐슬에서 12킬로미터쯤 떨어진 슬리브나먼 로드에서 길을 시작하기로 했다.

버스에서 내리자마자 마주한 풍경은 내가 아는 어느 섬과

89

놀랍도록 닮아 있었다. 마치 제주의 오름을 고스란히 옮겨놓은 듯했다. 나지막한 언덕이 위아래로 부드럽게 곡선을 그리며 저 멀리까지 펼쳐졌다. 푸른 잎사귀로 뒤덮인 한국의 울창한 산과 달리 이곳의 산은 어딘지 쓸쓸했다. 깎아지른 듯한 능선과 숲, 계곡 대신 얕고 넓은 벌판이 주를 이뤘다. 군락을 이루는 침엽수를 제외하면 이끼 색의 풀과 갈대가 이불처럼 산을 덮고 있었다. 벌판은 양들의 거대한 식탁이기도 했다. 주인이 있는 양은 털에 울긋불긋한 색이 묻어 있는데 이곳의 양들은 몸이 깨끗했다.

화강암으로 쌓은 돌담을 따라 천천히 걸음을 옮겼다. 이 역시 제주의 풍경과 어슴푸레 겹쳤다. 비단 이곳뿐만 아니라 북아일랜드의 자연은 여러모로 제주를 떠올리게 했다. 섬이라는 공통점 때문일까. 거센 바람과 급변하는 날씨, 완만한 산, 돌담, 초원 위의 말, 짙고 푸른 바다가 결코 낯설지만은 않았다.

그친 줄 알았던 비가 다시 세차게 쏟아지기 시작했다. 한국이었다면 곧장 우산을 펴거나 실내로 몸을 피했겠지만 이곳에선 사정이 달랐다. 모두 당연하다는 듯 배낭에서 방수 점퍼를 꺼내 껴입기 바빴다. 생전 입을 일이 없을 줄 알았던 아웃도어 의상이 이곳에서는 일상복이나 다름없다니. 몬그랜지에 도착하자마자 나선 생필품 쇼핑에서 가장 먼저 구입한 물건이 튼튼한 방수 점퍼였음을 떠올렸다. 살아가는 환경에 따라 비를 대하는 태도마저 이토록 달라진다.

소피아와 마그다가 선두에 서고 나와 마이라가 그 뒤를 따랐다. 호기심 넘치는 소녀 소피아는 잘 닦인 길을 뻔히 놔두고서 자꾸 엉뚱한 곳으로 우리를 안내했다. 언덕에 풀어둔 양 떼를 쫓아서, 까마득히 떨어져 있는 폭포를 향해서, 그 순간 마음이 꽂힌 곳으로 방향을 틀었다. 마그다는 여동생 같은 소피아를 마냥 귀여워하며 '저걸 어째' 하는 눈빛으로 별말 없이 그녀를 따라갔다. 반면 이대로 가다간 길을 잃는 게 아니냐며 근심 가득한 표정을 짓는 이는 나와 마이라였다. 둘 다 싫은 소리는 곧 죽어도 못 하는 성격이라 딱히 성토도 못 한 채 쫓아갈 뿐이었다. 결국에는 따라잡기를 포기한 채 우리 두 사람의 속도대로 느직느직 길을 걸었다.

화산 분화구처럼 생긴 저수지 아래로 내려간 소피아가 껑충 뛰며 우리를 손짓했다. 한눈에 봐도 가파른 경사였다. 오렌지 알맹이처럼 터지는 그녀의 에너지를 도무지 당해 낼 재간이 없었다. 어느새 다가온 희뿌연 안개가 저수지 뒤편 산허리를 댕강 잘라냈다. 잠깐 사이에 눈앞의 산이 사라졌다. 자연이 부리는 찰나의 마법을 배경으로 다 함께 사진을 찍었다. 지금 이 순간이 다시 오지 않을 것임을 알고 있기에 우리는 더욱 맑게 웃고야 말았다.

찻잎을

우리는

동안

바지런히 바닥을 쓸고 옷깃을 다리다가도 티타임이 되면 사람들
은 하던 일을 멈추고 물을 끓였다. 오븐에 넣어둔 브라우니와 썰
다 만 오이를 내버려둔 채 테이블 앞에 모여드는 것이다. 안쪽 가
장자리가 검붉게 물든 투박한 머그잔에 홍차 티백을 우리고, 취
향껏 우유를 부었다. 한쪽에선 달콤한 쿠키 상자가 손에서 손으
로 전달됐다.

그렇게 하루에 두 번. 우리는 째깍째깍 움직이는 시곗바늘을 잠
시 세워두었다.

30분간의 티타임을 즐기는 방식은 저마다 달랐다.

폴폴 김이 오르는 잔을 앞에 두고 피로를 털어내는 사람, 바깥의
벤치에 누워 식물처럼 볕을 쬐는 사람, 지난밤의 작은 사건 사고
를 조간신문처럼 종알종알 전하는 사람. 찻물이 서서히 식는 동
안 우리 모두 '작지만 확실한' 휴식을 누렸다.

Episode 11.

비효율의 세계에
적응하는 법

몬그랜지의 부엌에서 설거지는 철저한 분업 아래 모두의 참여로
이루어진다. 오전 내내 7~8인분의 음식을 요리한 당번을 제외하고
식사를 대접받은 모두가 좁은 싱크대 주변을 동분서주하며 설거지에
손을 보탠다. 식사에 초대된 손님이라고 해서 예외는 아니다.
함께 먹고 함께 뒷정리를 하는 장면은 훈훈하기 이를 데 없지만
고개가 갸웃거려지는 건 어쩔 수 없다. 아무리 생각해도 이보다 더
비효율적인 설거지가 또 있을까 싶다.

마지막 포크가 접시 위에 놓이자마자 기다렸다는 듯이 조가
접시를 한데 모으기 시작했다. 그는 지저분한 식기와 포크, 요리에
사용된 모든 조리 도구를 싱크대에 몰아넣은 뒤 뜨거운 물로 가볍게
헹궈냈다. 한두 번 해본 솜씨가 아닌 듯 동작은 신속하고 정확했다.
곧이어 뒷일을 부탁한다는 표정을 지으며 조가 내게 고무장갑을
건넸다. 이제부터는 나와 빌리저들의 차례다. 냄비 바닥에 새카맣게

눌어붙은 소스와 더러운 접시를 내가 수세미로 박박 문지르면, 바로
옆에 선 안나가 그것들을 건네받아 세제 거품을 온수에 씻어냈다.

처음 이곳의 설거지 방식을 맞닥뜨렸을 때 나는 적잖이
당황했다. 뜨거운 물을 가득 채운 싱크볼에 세제를 풀어 마치 거품
목욕하듯 그릇을 닦는 것은 둘째치고, 화장실 청소를 할 때나 쓰는
솔이 수세미를 대신한다거나 그릇에 묻은 세제를 말끔히 헹궈내지
않는 것은 좀처럼 적응되지 않았다. 알고 보니 영국을 포함한 유럽
일대에서는 이런 식의 설거지가 일반적이라고 했다. 물을 아낄 수
있고 세제 거품을 티타월로 닦아내는 편이 더 깨끗하다는 것이다.
누가 맞고 틀리냐보다 그저 생활 습관의 차이일 뿐이라 나 역시 얼마
지나지 않아 자연히 이곳 방식을 따르게 됐다.

같은 시간, 한 손에 티타월을 쥔 서너 명의 빌리저들이 싱크대
뒤에서 젖은 그릇이 도착하길 기다렸다. 마른 티타월로 물기를
말끔하게 제거한 뒤 원래 자리로 되돌려놓는다면 이보다 더 완벽한
팀워크도 없으련만 실상은 그렇지 않았다.

티타월이 스치기만 한 그릇들은 젖은 상태 그대로 포개져 있고,
냄비는 프라이팬 칸에 나이프는 포크와 함께 뒤섞여 있기 일쑤였다.
꼼꼼한 캐롤라인과 몬그랜지하우스에서 거주한 경험이 있는
에단이 돕는 날은 한결 나았다. 에단은 교통정리를 하는 경찰관처럼
주방용품들이 제 목적지에 가도록 길을 안내했다. 쉴 새 없이

이야기를 쏟아내느라 쌓아둔 그릇이 무너질 뻔한 순간도 왕왕 있지만
그 정도 아찔함은 감수할 수밖에. 반면 지금처럼 허리가 구부정한
할아버지 존이 게스트로 오는 날은 설거지 내내 가슴을 졸였다.
무릎에 프라이팬을 받치고서 물기를 걷어내는 그의 신중한 몸짓은
언제라도 발가락을 찧을 것처럼 아슬아슬했다.

　"제가 할게요, 존."

　하지만 생각만 그럴 뿐 목구멍까지 차오르는 참견을 마른침과
함께 꿀꺽 삼켰다. 고생스럽더라도 차라리 똑부러지는 한두 사람이
설거지와 뒷정리를 도맡는 편이 낫지 않을까. 시간과 에너지를
아끼는 쉬운 길이 분명히 있는데도 누구 하나 이의를 제기하지
않았다. 합리의 세계에서 온 나로서는 답답한 노릇이었다.

　싱크대 청소를 마친 뒤 벽에 기대어 빌리저들의 정리가
끝나기만을 기다렸다. 가만히 바라본 그들의 움직임은 어딘가
어설프지만 그 나름대로 열심이었다.

　아……, 어쩌면 내겐 사소한 일거리인 설거지가 누군가에겐
집중과 체력을 요하는 하루치 노동일 수 있다는 생각이 문득 스쳤다.
몸이 불편하고 느리다는 이유로, 배려라는 명분 아래 빌리저들을
가만히 소파에 앉혀두려고만 한 것은 아니었을까. 나도 모르는 사이
저들을 생활의 영역에서 소외시키진 않았는지 부끄러웠다.

　주말이 되면 각 하우스에서 배출된 빌리저의 의류는 물론이고

매트리스 커버와 티타월 등 세탁기에 넣을 수 있는 모든 빨랫감이 커다란 붉은색 보자기에 실려 론드리 워크숍에 도착한다. 많은 양의 빨랫감을 처리하기 위해선 온종일 서너 대의 대형 세탁기와 탈수기를 돌려도 부족할 지경이다.

건조를 마친 세탁물은 론드리 워크숍에 소속된 빌리저들이 손으로 일일이 다림질한다. 심지어 팬티마저도! 곱게 갠 뒤에는 배달원들의 손수레에 실어 다시 집으로 돌려보낸다. 수백 장의 세탁물이 별 탈 없이 주인을 찾아가는 건 상표 위에 덧댄 천 이름표 덕분이다. 놀랍지 않은가. 더러워진 티셔츠 한 장이 깨끗해지기까지 이렇게나 많은 절차와 손을 거친다.

론드리 워크숍의 존재를 처음 알게 됐을 때 솔직히 의아했다. 굳이 빨래까지 일손을 나눌 필요가 있을까. 하지만 얼마 지나지 않아 나는 론드리 워크숍의 중요함을 알게 됐다. 느린 손으로 그릇의 물기를 닦아내듯, 마른빨래를 다림질하고 개는 동안 빌리저들은 생활 감각을 유지했다. 일상의 작은 부분일지언정 스스로 그것을 가꾸는 것과 제공받는 것의 차이는 컸다. 이는 자존감과도 직결된 문제였다. 윤이 나게 닦인 싱크대를 바라보며 뿌듯함을 느끼는 나 역시 마찬가지였다. 보람의 순간은 이토록 사소한 데서 시작됐다. 자신의 쓸모를 경험하는 것. 그럼으로써 우리는 스스로를 조금 더 자랑스러워하게 되는 게 아닐까.

Episode 12.

토요일 토요일은
즐거워

빌리저가 몬그랜지 밖으로 외출하는 일은 많지 않다. 대여섯 명 남짓의 빌리저들만 이따금 나 홀로 외출을 나서는데 이들은 신체적으로 건강하고 의사소통에도 무리가 없다. 화폐에 대한 개념도 확실하다. 대부분은 외식, 영화 관람, 공연 등 문화 생활을 즐기러 하우스 식구들이 단체로 움직이거나 병원, 미용실을 가는 경우다.

계절 휴가 때는 일주일 이상 긴 여행을 가지만 이 역시 코워커나 하우스패런츠, 휴가지의 복지사가 늘 동행한다. 산책마저도 마을의 울타리를 넘지 않는다. 길을 걷다 몬그랜지 외부로 나가는 출구가 가까워지면 빌리저들은 자연스럽게 발걸음을 돌린다. 마치 여기가 세상의 마지막 경계인 것처럼. 그들 중 몇몇은 자신이 울타리 너머의 세상을 감당할 수 없다는 사실을 직감했을 것이고, 다른 몇몇은 애초에 몬그랜지 밖을 상상해 본 적 없을 터다.

매주 토요일은 몬그랜지 근처의 소도시 킬킬로 빌리저와

코워커가 함께 외출하는 날이다. 자동차로 겨우 5분 남짓 떨어진,
한국의 읍내 같은 곳이지만 밖을 나선다는 소박한 설렘이 있었다.

며칠 전부터 아이스크림을 핥는 시늉을 하던 안나는 일찌감치
현관 앞에서 나를 기다렸다. 킬킬에 갈 때마다 꼭 스트로베리
아이스크림을 사 먹는 그녀에게 토요일 오후는 아이스크림을
먹는 날이었다. 지난주 외출을 하지 못해 심통이 났던 헬렌이 쿵쿵
발소리를 내며 계단을 내려왔다. 지금 현관으로 가고 있으니 잠자코
기다리라는 신호였다.

"멀리 여행이라도 가는 거예요? 그렇게 큰 가방은 필요 없을 것
같은데."

6박 7일 동안 집을 떠날 사람처럼 헬렌이 커다란 여행용
손가방을 들고 내려왔다. 안을 열어보니 손바닥만 한 동전 지갑이
운동장처럼 넓은 공간을 데굴데굴 굴러다녔다.

마을 초입의 오피스 앞은 빌리저와 코워커들로 북적거렸다.
다들 킬킬로 향하는 승합차를 기다리는 중이었다. 오후 2시 킬킬로
출발하는 차량은 2시간 뒤에 우리를 다시 몬그랜지로 태워다 줄
예정이었다. 자정이 되면 호박 마차를 타고 집으로 돌아가야만 하는
신데렐라 신세였다. 소중한 2시간 동안 무엇을 하면 좋을지 고민할
필요는 없었다. 코워커들 사이에 전해지는 '킬킬 코스'가 잘 짜여
있기 때문이다.

처음 킬킬에 도착했을 때 나는 영화 〈빌리 엘리어트〉를 떠올렸다. 영국 북부 탄광촌의 스산한 풍경과 사람들의 차가운 인상이 닮아서였다. 빌리의 아빠처럼 창백한 얼굴에 두껍고 각진 몸을 가진 킬킬의 백인 남성들은 하나같이 얼굴을 덮은 후드티에 트레이닝 바지 혹은 통이 넓은 청바지를 입고 있었다. 멋이라고는 도무지 찾아보기 어려웠다. 그나마 여성들은 화장과 액세서리로 한껏 단장했지만 어딘지 유행에 뒤떨어지는 스타일이었다.

거리의 모습 또한 투박했다. 킬킬은 '유럽적인' 풍경에 대한 로망과는 거리가 멀었다. 수백 년 된 건축물과 돌길, 유명 예술가의 조각상, 소담한 공원, 거리의 악사, 야경, 웅장한 성당, 자유분방한 커플, 흐트러짐 없는 멋쟁이 할아버지. 어느 무엇도 킬킬의 한 장면과 겹치지 않았다. 소도시 특유의 아기자기한 운치와 정서도 찾아보기 어렵다. 대신 북아일랜드의 여느 곳이 그렇듯 킬킬에는 아름다운 바다와 항구, 몬 산맥, 도로 양쪽으로 뻗은 초원이 있었다. 볼거리라곤 오직 자연뿐인 이 소탈함이 킬킬의 유일무이한 매력인 것이다.

킬킬 코스의 첫 목적지는 파운드월드. 한국의 다이소처럼 옷, 신발, 생필품 따위를 저렴하게 파는 상점이다. 특별히 찾는 물건이 있다거나 뭔가를 사겠다는 목적 같은 건 없었다. 미술관 전시실을 한 바퀴 휙 돌듯 진열된 상품을 무심히 훑는 게 전부였다. 하지만

안나는 생각이 조금 다른 듯했다. 서랍을 꽉 채운 색연필은 까맣게 잊은 채 새로운 색칠 도구를 갖기 위해 눈을 반짝였다. 틈날 때마다 방에서 그림을 그리는 그녀는 더 많은 색연필을 갈구했지만 문제는 돈이었다.

빌리저의 생활에 쓰이는 돈은 개인 계좌를 통해 빠져나간다. 정부의 장애인 보조금과 가족의 지원 등이 이들의 유일한 재산이다. 캠프힐은 이들을 대신해 계좌를 관리할 뿐 직접적인 지원은 하지 않는다. 그 때문에 빌리저 사이에도 통장 잔액의 격차가 존재한다. 안정된 삶을 보장받지만 그렇다고 돈을 허투루 쓸 순 없는 처지인 것이다.

"안나, 색연필을 사면 카페에서 아이스크림을 사 먹을 수 없어요."

야박하게 들리는 내 말이 끝나기 무섭게 그녀가 아이스크림 먹는 시늉을 했다.

길 양쪽으로 늘어선 2층 이하의 낮은 건물들은 비슷비슷한 생김새를 하고 있었다. 원색의 간판이 그나마 단조로운 건축 양식에 포인트가 됐다. 우체국과 치과, 이발소, 안경점, 세탁소, 선물 가게 사이에는 한국인 코워커들의 사랑을 듬뿍 받는 중국 식당이 자리했다. 테이크아웃 전문인 이곳에서 즐겨 먹는 메뉴는 '스위트 앤 사워 포크'와 '프라이드 누들'이었다. 한마디로 탕수육과 볶음면이다.

감탄할 맛은 아니지만 삶고 튀기고 으깬 감자에 신물이 난 몸과 영혼을 달래기에 충분했다. 바로 길 건너에는 북아일랜드인지 아일랜드인지에서 1등을 차지했다는 피시 앤 칩스 체인점도 있었다. 이곳은 배달 주문도 가능해서 가끔 카인이 9인분의 피시 앤 칩스를 집으로 배달시키곤 했다. 요리가 귀찮은 토요일 점심 메뉴로 제격이었다.

대형 마트 아스다에 들러 야식으로 먹을 군것질거리를 산 뒤 마지막 코스인 카페로 향했다. 헬렌이 너무도 사랑해 마지않는 디저트 파블로바를 파는 곳이다. 실내로 들어서자 익숙한 목소리가 여기저기서 들려왔다. 함께 승합차를 타고 온 몬그랜지 사람들이었다. 그들 역시 킬킬 코스를 따라 파운드월드와 세컨드 핸드 숍, 아스다를 순회한 뒤 이곳에 도착한 듯했다. 마트 로고가 찍힌 비닐봉지가 테이블마다 한 자리씩 차지하고 있었다.

주문을 마치자마자 세 사람이 둘러앉은 테이블 위로 어색한 적막이 흘렀다. 말 없는 안나와 수다에 취미가 없는 헬렌이 맞은편에 앉은 내 얼굴을 멀뚱멀뚱 바라보았다. 아무런 사심도 궁금증도 없는 표정이었다. 조금 전 길에서 찍은 사진을 함께 넘겨 보며 나는 어서 빨리 케이크가 나오기만을 기다렸다. 아무래도 이 침묵이 익숙해지려면 우리 사이에 시간이 조금 더 필요할 듯했다.

Episode 13.   시작과 끝이
               교차하는 계절

마이라는 이곳에 와서 처음으로 사귄 친구였다. 말하자면 그녀는 나 혼자 몰래 마음을 열고 기댄 첫 사람이다. 금발 머리에 유럽식 영어를 쓰는 백인 코워커들 사이에서 나와 비슷한 외모를 가진 필리핀 출신의 마이라를 보자마자 나는 안도의 한숨을 내쉬었다. 그것이 내 안에 숨어 있던 인종적 열등감에 기인한 것임을 깨닫고 스스로가 치졸하게 느껴졌음에도 마이라를 향한 반가운 마음은 어쩔 수 없었다.

몇 번 대화를 나누면서 나는 그녀를 더욱 좋아하게 됐다. 우리에겐 서로 공감할 만한 교집합이 많았다. 20대 후반에 잘 다니던 회사를 그만두고 캠프힐을 선택한 것이라든가, 다소 내향적인 성격 탓에 하우스페런츠와 어색한 관계라는 점마저 비슷했다. 베이커리 워크숍의 오전 팀인 마이라와 오후 팀인 나 사이에는 공공의 적도 존재했다. 매주 한 번씩 베이커리로 출근하는 헤이즐이다. 강렬한 북아일랜드 악센트를 구사하는 그녀 앞에서 나는 늘 꿀 먹은 벙어리 신세였다. 미국 드라마와 토익으로 리스닝을 익힌 내게 헤이즐의 영어는 새로운 언어나 다름없었다. 한없이 부족한 내 영어 실력을 자책하던 차에 마이라 역시 비슷한 고민에 시달리고 있음을 알게 됐다. 필리핀 직장에서도 영어를 구사했던 그녀가 내 처지를 동조한다는 사실은 적지 않은 위안이었다.

당일치기로 다녀온 두 번의 벨파스트 여행 역시 마이라와 함께였다. 사실 벨파스트 자체는 그다지 매력적인 도시가 아니었다. 별 볼일 없는 곳이 아니라 내 마음가짐의 문제였다. 여행자의 정체성을 갖고서 벨파스트를 찾았다면 아마도 나는 그 도시의 가장 유서 깊은 장소와 가장 맛있는 로컬 식당, 가장 아름다운 전망을 찾아다녔을 것이다. 그러고 난 뒤 침대에 누워 '아, 멋진 여행이었어' 하고 만족스러워했겠지.

하지만 생활인의 마인드를 장착한 채 향한 벨파스트에서 우리는 중식 뷔페와 대형 쇼핑몰 안에서 많은 시간을 보냈다. 시골에서 벗어나 그리운 동양의 음식을 맛보고 간만의 소비를 즐겼다. 그런 뒤에도 시간이 남으면 퀸스 대학교의 캠퍼스를 거닐거나 타이타닉이 건조된 부둣가에 세워진 타이타닉 박물관을 어슬렁거렸다. 그래도 2천여 개의 벽화가 있는 샨킬 로드는 꽤 인상적이었다. 가톨릭 중심의 거리인 폴스 로드와 개신교 중심의 거리인 샨킬 로드의

PART 1. 할 수 있는 만큼, 무리하지 말고

건물들에는 역사적 인물과 사건, 정치 풍자를 담은 거대한 벽화가 그려져 있었다. 좀처럼 실감하기 어려웠던 북아일랜드와 아일랜드의 종교적 대립을 선명하게 느낄 수 있는 장소였다.

　　이별의 순간은 갑작스럽게 찾아왔다. 예정된 1년을 채우지 못한 채 마이라가 필리핀으로 돌아가게 된 것이다. 아버지의 건강이 좋지 않다는 이야기를 그녀에게 전해 들은 지 한 달여 만의 일이었다. 너무나 이기적이게도 마이라에 대한 걱정보다 그녀와 더 이상 함께하지 못한다는 아쉬움이 먼저 밀려들었다.

　　마이라가 남은 시간을 보내는 사이 몬그랜지로 새로운 코워커들이 속속 도착하기 시작했다. 보통 여름을 기점으로 코워커의 교체가 이루어지는데 6월에 도착한 나는 다소 이른 타이밍에 온 것이었다. 미처 작별 인사도 나누지 못한 볼피가 독일로 돌아간 직후 주디스와 알리나, 캐롤라인 3명의 독일인 코워커가 연달아 짐을 풀었다. 그리고 또 한 명의 한국인, 신혜가 돌아왔다.

　　한국을 떠나기 직전까지 나는 매일 포털 사이트에서 캠프힐을 검색했다. 활자로 남긴 누군가의 일기를 읽으며 캠프힐의 일상을 복원해 보려 애썼다. 이미 수십 번도 더 본 똑같은 후기였지만 그렇게라도 해야 겨우 마음이 놓였다. 그럼에도 몬그랜지가 과연 실재하는 곳인지에 대한 의구심은 좀처럼 사그라들지 않았다. 다른 캠프힐 커뮤니티에 비해 정보가 현저히 부족했기 때문이다. 그런 와중에 신혜라는 이름의 코워커가 온라인 카페에 올린 몬그랜지 사진은 나를 온갖 망상에서 해방해 주었다. 야외 테이블 위에 한 남자가 벌러덩 누워 있는 순간을 포착한 사진이었다. 그는 마치 맑게 갠 하늘을 온몸으로 흡수하고 있는 듯했다. 나는 이 사진 한 장에 앞으로의 1년을 걸어보기로 했다.

막상 몬그랜지에 도착했을 때는 신혜가 한국으로 돌아간 뒤였다. 이곳에서 1년을 더 보내기로 결정한 그녀는 볼런티어 비자를 재발급받기 위해 잠시 귀국한 상태였다. 그리고 마침내 오늘 아침에야 나는 그녀를 만나게 됐다. 쾌활한 목소리와 함께 스토어에 들어선 낯선 얼굴을 보자마자 나는 그가 신혜임을 단번에 알아차렸다.

'당신의 사진 덕분에 안심하고 여기 올 수 있었어요!'

하지만 마음속 외침과 달리 '안녕하세요'라는 어색한 인사가 먼저 툭 튀어나왔다. 상대 역시 기대만큼 살가운 반응은 아니었다. 내심 민망했지만 사람들과 반가운 재회를 나누느라 경황이 없었을 것이라고 생각했다. 어쩌면 한국인 코워커가 새삼스럽지 않을지도 모른다. 사실 그녀가 나를 특별히 반길 이유는 없지 않은가.

마이라의 환송회 장소는 아발론하우스로 정해졌다. 하우스패런츠 부부와 빌리저들이 마침 휴가를 떠난 터라 집이

비어 있었다. 환송회가 열리기 전 나는 종이와 펜을 챙겨 집집마다 돌아다니며 코워커에게 메시지를 받았다. 내가 그녀에게 줄 수 있는 선물이라곤 이곳에서의 기억뿐이었다.

작별의 자리는 차분했다. 울적한 분위기라곤 찾아보기 어려웠다. 평소처럼 그간의 불평불만을 토로하며 가볍게 맥주잔을 기울일 뿐이었다. 요란스럽지 않은 그 작별 방식이 나는 마음에 들었다. 끈끈한 우정을 약속하는 대신, 가끔 페이스북에서 서로의 생일을 축하하고 이따금 안부를 전해 듣는 정도로 서로의 추억 속에 남아 있는 편이 훨씬 현실적이다.

곧이어 신혜와 해영이 모습을 보였다. 절반의 시간만을 채운 채 몬그랜지를 떠나는 마이라와 다시 이곳에 돌아온 신혜가 마지막 포옹을 나눴다. 이야기의 시작과 끝 사이에서 나는 어디쯤 놓여 있는 것일까. 언젠가 끝맺게 될 이야기를 떠올리자 마음 한구석이 못내 씁쓸했다. 어쩐지 나는 시작보다 끝이 조금 더 두렵다.

어딜 가든
삶은 따라온다

북동쪽 끝으로 향한 여행

새벽 첫 버스를 타고 우리는 북아일랜드의 북동쪽 끝으로 향했다. 유네스코 세계문화유산으로 지정된 자이언트 코즈웨이를 보기 위해서였다. 멤버 구성은 알리나와 주디스, 소피아, 마그다 그리고 나까지 모두 5명. 당일치기로 다녀오기엔 꽤 먼 여정이었지만 반드시 지금 다녀와야 할 이유가 있었다. 로컬 버스 회사인 얼스터 버스에서 8월 한 달간 프로모션 요금을 내놓았기 때문이다. 여행을 떠나는 이유로는 다소 엉뚱하지만 이 섬의 자비 없는 교통비를 생각하면 수긍이 가는 결정이었다.

영국 런던의 상징이 빨간 2층 버스이듯 북아일랜드에도 2층 버스가 운행됐다. 벨파스트 시내를 오가는 버스가 핑크로 포인트를 주었다면, 얼스터 버스는 파란색으로 꾸며져 있다. 2층 버스가 더 이상 새롭지 않을 법도 하건만 우리는 버스 위층으로 잽싸게 몸을 실었다. 자리를 잡자마자 유리창에 코를 박고 꾸벅꾸벅

조는 친구들의 어깨 너머로 희미한 무지개가 보였다. 한국에서는 보기 드문 무지개를 이곳에선 자주 볼 수 있어 무척이나 좋았다. 몬그랜지에서 느끼는 행복의 대부분은 이토록 사소한 장면들에서 비롯됐다. 느닷없이 쏟아지는 우박 뒤로 피어나는 무지개, 풀밭에 숨은 고양이, 길에서 따 먹는 블랙베리, 산불처럼 번지는 노을, 방금 구워져 나온 스콘의 보드라운 향 같은 것들.

출발한 지 5시간 만에 도착한 자이언트 코즈웨이 주변은 북아일랜드에서 가장 유명한 관광지라는 타이틀이 무색할 만큼 호젓한 분위기였다. 여행객을 위한 숙박 시설과 식당, 기념품점이 버스 정류장부터 입구까지 우후죽순 생길 법도 하건만 좀처럼 눈에 띄지 않았다. 길가의 벤치에 앉아 우리는 새벽부터 주린 배를 우선 채우기로 했다. 사과 한 알과 체다치즈 한 장을 끼워 넣은 샌드위치가 전부인 나의 조촐한 점심 식사와 달리, 주디스와 알리나의 샌드위치는 시판 제품 못지않은 푸짐한 양을 자랑했다. 가방에는 커다란 판 초콜릿과 치즈, 여분의 식빵도 잔뜩 들어 있었다.

주디스와 알리나는 10대의 풋풋함보다 야성미가 돋보이는 에너자이저였다. 몸을 잠시도 내버려두는 법 없이 휴무마다 트레킹과 캠핑을 떠나고, 월요일 밤에는 코워커들과 실내 축구나 농구를 즐겼다. 절약 정신은 얼마나 투철한지 여행을 떠날 때마다 배낭을 삼시 세끼 식량으로 가득 채우는가 하면, 히치하이킹이 여의치

않으면 차가 설 때까지 몇 시간을 꾸역꾸역 걸었다. 망아지처럼 폴짝폴짝 뛰어다니던 주디스는 손에 털실과 공예 재료를 쥐어주면 무언가를 뚝딱 만들어내는 재주도 겸비하고 있었다. 학교에서 배운 프랑스어도 곧잘 했다. 이토록 멋진 소녀들이라니.

자연스레 빛을 발하는 두 사람의 면면은 인상적이었다. 그것은 각자의 타고난 재능과 더불어 독일의 사회 시스템이 함께 빚어낸 결과물처럼 보였다. 고등학생이었던 나와 내 친구들의 한정된 일상과 달리 저 두 사람의 삶의 반경은 넓고 깊었다. 수능시험과 대학이 전부였던 나의 지난 10대 시절과 비교하면 경험치의 폭이 하늘과 땅 차이다.

자이언트 코즈웨이는 약 6천만 년 전의 화산활동으로 자연 생성된 주상절리 지대를 일컫는다. 무려 4만여 개의 현무암 육각 기둥이 해안가 주변으로 펼쳐져 있다.

이곳의 지형은 독특했다. 내리막길을 따라 도착한 해변은 그 주변이 높은 절벽으로 둘러싸여 있는데 마치 분화구 안에 바다가 자리한 듯한 형상이었다. 눈앞에서 실제로 마주한 자이언트 코즈웨이는 수치로 표현되는 광대한 규모보다 훨씬 더 경이로웠다. 벌집의 단면을 닮은 육각형 기둥은 사람의 손으로 일일이 다듬은 것처럼 정밀했고, 심지어 기계의 힘을 빌린 것처럼 보이기도 했다.

주상절리 위를 걷기란 생각보다 쉽지 않았다. 높이가 고르지

않은 데다 어떤 것은 어린아이 키보다 높게 솟아 위에서 손을
잡아끌어야 했다. 높은 기둥으로 오를수록 그에 대한 보답이라도
하듯 시야에 들어오는 풍광이 더욱 아름다웠다. 비죽 솟은 기둥과
바다, 이끼로 덮인 절벽이 삼위일체가 되어 신비로운 분위기를
자아냈다. 6천만 년이라는 긴 세월은 내게 마치 우주의 시간처럼
다가왔다. 태양과 달 사이, 별과 별 사이의 아득함만큼이나 헤아리기
어려웠다. 발아래 놓인 기둥들이 한낱 돌덩이가 아닌 지구 역사의 산
증거라고 상상하자 팔뚝에 소름이 오소소 돋아났다. 대륙 간 충돌로
히말라야산맥이 솟아오르고 1.5미터에 달하는 펭귄이 존재했던
시대부터 이 돌들은 풍파에 맞서 제 몸을 깎아온 것이다.

　자이언트 코즈웨이로 한껏 고무된 우리는 중세 고성 던루스
캐슬로 이동했다. 방금 전까지 폭우가 쏟아지던 하늘은 언제
그랬냐는 듯 다시 청명하게 갰다. 흠뻑 젖은 신발과 외투는 도로변을
따라 걸으며 햇빛에 말렸다. 고성으로 향하는 버스가 분명 있었지만
일행 중 누구도 걷기를 반대하는 사람은 없었다.

　초원에 풀어둔 젖소와 양 떼를 구경하며 앞으로 나아가던 중
바다가 훤히 내려다보이는 공원에 정차한 귀여운 아이스크림 트럭을
발견했다. 지나는 길에 종종 본 적은 있지만 이렇게 사 먹어보기는
처음이었다. 야외에서 끓여 먹는 라면처럼 바다를 보며 먹는 소프트
아이스크림의 맛은 평소보다 각별했다. 무슨 이유인지 여행이 끝난

뒤에는 이런 평범한 순간들이 기억의 대부분을 장식했다.

이맘때쯤 섬 어디서나 볼 수 있는 샛노란 고스가 흐드러지게 핀 언덕 뒤로 던루스 캐슬이 보였다. 15~17세기에 지어진 성은 외벽만 간신히 남은 상태였지만 주변 자연과 어우러져 근사한 분위기를 풍겼다. 코발트 빛 바다와 돛대처럼 하늘을 가르는 구름, 고성의 조합은 원탁의 기사가 등장하는 영화 속 한 장면을 떠올리게 했다.

고성은 별다른 입장권 없이 사람들에게 완전히 개방되어 있었다. 해변으로 이어지는 긴 돌계단을 따라 내려가자 성 아래 숨겨진 비밀스러운 장소가 나타났다. 협곡처럼 팬 절벽 사이의 공간이었다. 제멋대로 자란 잡초가 무성한 성 안쪽은 폐허가 품은 고유의 을씨년한 멋이 있었다. 내려온 계단 반대편의 아치형 터널 쪽으로 가까이 다가가 보았지만 길은 거기까지였다. 막다른 언덕 꼭대기에서 우리는 잠시 숨을 돌렸다.

봄날처럼 따뜻한 성 쪽과 달리 먹구름이 잔뜩 낀 바다에는 비가 내리고 있었다. 먹구름을 경계로 이곳과 저곳이 마치 다른 세상처럼 느껴졌다. 불과 10분 사이였을까. 어느새 우리의 머리 위로 자리를 옮긴 먹구름이 소나기를 뿌려댔다. 피부에 닿는 물방울이 알알이 느껴지는 가벼운 비였다.

해안 도로를 따라 이어지는 트레킹 코스를 느긋이 걸어볼 틈도 없이 몬그랜지로 돌아가는 버스 시간이 가까워 오고 있었다.

교통수단에 쫓겨 다니는 뚜벅이 여행자 처지가 아쉽기만 했다. 마음 같아서는 근처의 숙소에서 하룻밤 묵고 싶었지만 우리에겐 내일의 일과가 기다리고 있었다.

마지막 환승 버스에 올라타자마자 기다렸다는 듯 다시 비가 쏟아졌다. 절묘한 타이밍. 텅 빈 버스에는 우리 다섯뿐이었고 유리창에 부딪치는 빗소리가 토닥토닥 듣기 좋게 흘렀다. 더할 나위 없는 하루의 마무리였다.

모두가 빠짐없이
즐거운 밤

자고로 멋지고 쿨한 어른이라면 악기 하나쯤은 연주할 수 있어야 한다고 줄곧 생각해 왔는데 이번에 그 기회가 찾아왔다. 일주일에 한 번씩 점심시간을 틈타 운영되는 라이어 수업을 듣기로 한 것이다. 하프와 비슷하게 생긴 라이어Lyre는 음악 치료에 자주 쓰이는 현악기로 품 안에 들어오는 것부터 성인 키만 한 것까지 크기가 다양하다.

수업은 음악에 조예가 깊은 하우스마더 크리스티나와 요하나, 그리티나를 비롯해 외부에서 온 음악 선생님 안나까지 작은 그룹으로 구성되어 있었다. 내가 라이어를 배우고 싶다는 의사를 밝혔을 때 이들이 몹시 반가워했던 기억이 난다. 사실 어떤 코워커도 소중한 점심시간을 라이어에 투자하지는 않으니까. 차분하고 목가적인 수업 분위기를 어색해하는 것도 라이어 수업에 코워커가 없는 이유 중 하나였다. 혈기왕성한 10대 후반, 20대 초반의 코워커들을

만나고 싶다면 밤 9시 이후 실내 농구장에서 열리는 축구 시합에나
가야 했다. 남자건 여자건 할 것 없이 시큼한 땀 냄새를 풍기며 몸을
굴리는 광경을 볼 수 있었다.

유리드미Eurythmy 수업에 참여하는 유일한 코워커가 나라는
사실도 아마 비슷한 연유이지 않을까. 피아노 연주에 맞춰 율동을
하는 유리드미는 미술 치료나 음악 치료와 같은 예술 활동의
일환이다. 각각의 동작을 연결해 하나의 스토리를 만들기도 하는데,
이를테면 태양이 눈부시게 빛나는 장면에서는 두 팔을 높이 들어
동그란 원을 만드는 식이다.

대단한 동작 같은 건 없었다. 유리드미에 참여하는 대부분의
빌리저들은 왼쪽과 오른쪽을 구분하며 자세를 잡는 것조차
버거워했다. 조금 더 액티브한 활동도 물론 있었다. 두 사람씩 짝을
지어 긴 봉이나 주먹만 한 콩 주머니를 주고받는 것인데 현실은
바닥에 떨어진 도구를 줍기 바빴다.

다른 코워커들이야 어떻든 나는 유리드미와 라이어 수업에
기꺼이 참여할 의향이 있었다. 두 활동의 느린 속도가 마음에
들어서였다. 운동을 좋아하지도 않으면서 코워커들과 어울리기
위해 억지로 뜀박질에 동참하고 싶진 않았다. 그 대신 천천히 몸을
움직이고 음악에 귀를 기울이는 동안 나는 공식적인 '멍 때림'의
시간을 가졌다. 위안, 위로, 힐링. 무어라 이름 붙여도 상관없다.

죄책감 없이 쉬는 법을 나는 그제야 제대로 맛볼 수 있었다.

라이어는 두 손을 사용해 연주하지만 초보인 나는 우선 오른손을 움직이는 것만 허락됐다. 양손으로 가위바위보를 하는 것만큼이나 두 손 연주는 까다로웠다. 손가락 끝으로 가볍게 현을 퉁기자 맑고 영롱한 소리가 공기 중으로 흩어졌다. 긴장해서 힘을 주면 짧고 둔탁한 소리가 바닥으로 툭 떨어진다. 뭐든 새로 시작할 때는 어깨에 힘을 빼고 가벼워져야 하는 법이다.

하지만 운지법을 제대로 익히기도 전에 나는 연이어 수업을 빠지고 말았다. 처음의 의욕과 달리 점심 직후 찾아오는 노곤한 졸음에 지고 만 것이다. 한 번 두 번 빠지고 나니 세 번째쯤에는 오히려 출석을 하는 게 멋쩍었다. 그러다 길에서 그리티나와 우연히 마주쳤다. 아니나 다를까 그녀는 라이어 수업에 왜 나오질 않느냐며 아쉬움부터 표했다. 제 발 저린 나는 얼결에 이번엔 꼭 가겠노라 약속하고 말았다.

"어때, 한번 생각해 보겠니?"

오랜만에 나간 수업에서 뜬금없는 제안을 받았다. 얼마 뒤면 열릴 라이어 콘서트에서 내가 지휘자를 맡으면 어떻겠느냐는 이야기였다. 지휘자로 내정되어 있던 크리스티나가 건강 문제로 연습에 불참하자 논의 끝에 나를 후보에 올린 것이다. 라이어 연주도 아닌 지휘라니 생뚱맞기 짝이 없었다. 물론 연주자로 참여할 실력도 아니지만.

    머뭇거리는 내게 선생인 안나가 '이것은 오케스트라 지휘와는 다르다'는 점을 재차 강조했다. 빌리저들이 각자의 파트를 놓치지 않도록 지휘봉으로 신호만 주면 된다는 것이다. 거절 못 하는 재주가 있는 나는 우선 하우스패런츠와 상의한 뒤 여부를 알려주겠다며 상황을 수습했다. 콘서트 연습을 하려면 저녁 시간을 비워야 하는데 그러려면 조나 카인이 내 역할을 대신해야 하기 때문이다. 두 사람이 이 제안을 내켜하지 않길 바라는 마음도 내심 있었다.

    그날 밤 콘서트에 관해 상의를 나누기도 전에 카인과 조는 이미 상황 파악을 끝낸 상태였다. 안나가 친히 카인에게 자필 편지를 남긴 것이다. 부디 당신의 코워커 쏭을 우리의 지휘자로 모셔 갈 수 있을까요. 뭐, 대강 이런 내용이었다.

    저녁 식사 내내 조는 박수까지 쳐가며 나의 지휘자 데뷔를 축하해 주었다. 민망함에 나는 애꿎은 홍차만 연거푸 들이켰다. 대수롭지 않은 일에도 크게 놀라고, 크게 기뻐하며, 크게 축하하는 몬그랜지식 리액션은 여전히 어색했다.

    최종 리허설 중에 악보가 수정된 돌발 상황만 제외하면 컨디션은 나쁘지 않았다. 계단의 층마다 파트별로 자리가 배정됐고 무대의 왼쪽 끝이 지휘자인 내 자리였다. 오른쪽으로 고개를 돌리면

PART 2. 어딜 가든 삶은 따라온다

모두의 얼굴이 한눈에 들어왔다. 정장과 드레스로 한껏 멋을 낸 20명 남짓의 빌리저들과 여유 있게 인사를 나누며 라이어 콘서트의 막이 오르길 기다렸다.

콘서트는 예상대로 진행됐다. 그러니까 자잘한 실수들이 핑퐁처럼 쉴 새 없이 오갔다. 하지만 연주자도 청중도 그것이 실수였는지 모르는 상태로, 혹은 알면서도 태연히 공연은 이어졌다. 돌부리에 걸린 듯 엇박자를 튕겨도 마지막 음을 향해 나아갔다.

아홉 살이었나. 울산 상공회의소에서 열린 어린이 피아노 대회에 나간 적이 있다. 특별한 재능이 있어서가 아니라 내가 다니던 피아노 학원 아이들 모두 그 대회에 참가했다. 주최 측에서 준비한, 어깨에 둥그런 뽕이 잡힌 분홍색 드레스를 입은 나는 세상을 다 가진 것처럼 행복했다. 오늘 하루 공주님이 된 김에 피아노도 잘 쳐서 상을 받고 싶었다. 준비한 곡은 모차르트였다. 제목은 떠오르지 않지만 악보집 맨 첫 장에 있던 곡인 것만은 분명했다.

오른손의 도, 미, 솔로 시작된 연주는 물 흐르듯 진행됐다. 눈 감고도 칠 수 있을 만큼 연습한 곡이었다. 하지만 무사히 끝냈어야 마땅한 연주를 나는 도중에 멈추고 말았다. 누군가 얼음! 하고 내게 마법을 건 것처럼 손가락이 움직이지 않았다. 어찌 된 영문인지 지금도 모르겠다. 더 이상 연주를 잇지 못하자 심사위원 중 누군가가 땡 하고 벨을 울렸다. 기억은 여기까지. 무대에서 내려온 내가 울었는지 어땠는지는 생각나지 않는다. 다만 한 달 뒤 피아노 학원으로 내 이름이 새겨진 장려상 상패가 도착한 것은 기억난다. 그때의 터무니없는 수상이 아니었다면 아홉 살의 나는 그날을 실패의 한 장면으로 기억하며 컸을지도 모른다. 라이어 콘서트의 지휘자로 참여할 엄두조차 내지 못했을 것이다.

연습 내내 졸음을 참지 못했던 조니와 몇몇 일당도 오늘만큼은 나와 눈을 맞추며 자신의 연주 타이밍을 기다렸다. 오른발로 탁, 탁, 탁 박자를 맞추며 지휘봉 끝으로 빌리저들을 가리켰다. 로빈과 존, 헬렌이 속한 그룹이 고개를 까딱이는 나의 신호와 함께 라이어 줄의 '솔'을 퉁겼다. '레' 파트의 니콜, '도' 파트의 안나도 지휘를 따라 손가락을 움직였다. 한명 한명 눈을 맞추지 않으면 할 수 없는 일이었다. 이렇게 많은 빌리저들과, 아니 이렇게 많은 사람들과 하나하나 눈빛을 교환해 본 적이 있었던가.

손목 스냅을 이용해 소리를 내는 핸드벨 연주 팀의 공연을 끝으로 라이어 콘서트는 무사히 마무리됐다. 늘 파이팅 넘치는 니콜이 내게 다가와 먼저 하이파이브를 건넸다. 나 역시 최고의 공연이었다며 엄지손가락을 치켜세웠다. 나답지 않은 호들갑이었지만 이런 순간에는 몬그랜지식 리액션이 빠질 수 없었다.

크게 놀라고, 크게 기뻐하며, 크게 축하하기. 모두가 빠짐없이 즐거운 밤이었다.

아무래도
할 수 없었던 말

얼마 전부터 밤마다 악몽에 시달렸다. 지금껏 경험해 본 적 없는 일이라 여간 괴로운 게 아니었다. 입매가 찢어진 귀신이 나를 내려다보거나 괴롭히지 않는다는 게 그나마 다행인 걸까. 대신 형태가 없는 검고 무거운 존재가 몸을 짓누르다 홀연히 사라지는, 그런 밤이 계속됐다. 그렇게 깨고 나면 가뜩이나 좁은 방이 더욱 갑갑하게 느껴졌다. 잠깐 바람을 쐬려 해도 함부로 밖을 나섰다가는 가로등 하나 없는 시골의 어둠에 먹힐지도 몰랐다.

기가 달려서 그런가 봐.

나는 그것이 악몽의 원인일 것이라 지레짐작했다. 타국 생활은 체력뿐만 아니라 정신적으로도 엄청난 에너지 소모가 따랐다. 외국어로 나누는 대화를 이해하기 위해 늘 신경을 곤두세워야 했고, 빌리저들의 감정과 상황을 예의 주시하느라 긴장을 늦추지 못했다. 워크숍과 식사가 정리되는 저녁 7시쯤이면 내 몰골은 소금에 절인

배추나 다름없었다. 소파에 축 늘어진 채로 눈동자만 겨우 데굴데굴 굴렸다. 하지만 코워커의 공식 일과는 저녁 9시까지. 크리스틴이 잠자리에 드는 8시 반 이후에나 침대에 누울 수 있었다.

수화기를 몇 번이나 들었다 놓은 끝에 베이커리 워크숍 마스터 마이클에게 전화를 걸었다. 컨디션이 좋지 않으니 하루 쉬겠다고 말할 작정이었다. 코워커들이 워크숍에 빠지는 건 흔한 일이었지만 나는 예외였다. 데굴데굴 구를 만큼 아프지 않고서야 내 입으로 먼저 쉬겠다고 말하는 게 영 익숙하지 않았다.

첫 회사에 입사한 지 3개월쯤 됐을까. 근무 중에 돌연 복통이 찾아왔다. 하필 사장님은 해외 휴가 중이었고 사무실에는 유일한 직원인 나 하나뿐이었다. 사무실 바닥에 드러누울지언정 정시 퇴근까지 기어이 버티고야 만 나는 엄마의 말마따나 '헛똑똑이'였다. 심지어는 가벼운 감기나 배앓이를 핑계로 툭하면 워크숍에 나오지 않는 코워커들을 의심한 적도 있었다. 너만 아프냐, 나도 아프다 식의 뒤틀린 마음이었다.

꾀병, 게으름, 무책임함. 동료 코워커들이 내키는 대로 워크숍에 빠질 때마다 저 단어들을 떠올렸다. 그러다 문득 내가 저들의 휴식에 왜 이리도 인색하게 구는지 의문이 들었다. 동시에 지금까지 나는 스스로를 돌보는 일에 너무도 무심했다는 사실을 깨달았다. 적절한 휴식과 맞바꾼 애꿎은 책임감은 사실 어느 무엇도 책임지지 못했다.

PART 2. 어딜 가든 삶은 따라온다

더 이상 나의 피로를 방조하지 않기로 다짐한 것과 별개로, 쉬겠다는 말 한마디가 어려워 수화기를 들었다 놨다 하는 건 어쩔 수 없는 성격 탓이겠지.

마이클과 통화를 마친 뒤 서랍에 넣어둔 햇반과 컵라면을 꺼내 들었다. 한국 식품은 더블린에서나 겨우 살 수 있기 때문에 최후의 순간을 위해 아껴둔 것이었다. 매일 저녁 식사라곤 식빵 두 쪽에 잼과 치즈를 얹어 먹는 게 전부라 매콤한 라면 맛을 떠올리는 것만으로도 군침이 돌았다. 수저 가득 뜬 국물을 입에 넣자마자 식은땀이 삐질 흘러나왔다. 식도를 타고 넘어간 빨갛고 진한 국물이 온몸을 덥혀주길 기다렸다.

며칠이 지나도 몸은 좀처럼 회복될 기미를 보이지 않았다. 정확히는 몸보다 마음이 그랬다. 밤잠을 설치다 무기력과 함께 아침을 맞는 날들이 이어졌다.

점심을 먹은 뒤 쏟아지는 잠을 이기지 못해 쪽잠을 자다 5분 간격으로 울리는 세 번의 알람을 끄고 나서야 간신히 베이커리로 나섰다. 평소와 달리 오늘은 나와 글라디스 단둘뿐이었다. 마이클은 미팅에 갔고 세스는 휴무라고 했다. 다 함께 있을 땐 느끼지 못했던 미묘한 서먹함이 우리 둘 사이에 흘렀다.

'하이'로 시작해 '낫 배드'로 끝나는 애꿎은 인사를 주고받은 뒤 우리는 각자 떨어져 제 할 일을 시작했다. 내 자리는 주로 식빵을 써는 기계 앞이었다. 오전 팀이 만든 수십 개의 식빵 덩어리를 기계에 밀어 넣어 일정한 두께로 썬 뒤 비닐 포장을 하는 것이었다. '이건 너의 일이야'라고 누가 맡긴 것도 아닌데 나는 마땅히 그래야 할 것처럼 늘 기계 앞에 섰다.

고백하건대 나는 이 자리를 뺏기지 않으려고 늘 서둘러 움직였다. 이 작업이 좋아서가 아니라 침묵하기 좋은 구실이기 때문이었다. 털털대는 기계의 엔진 소리는 주변의 관심에서 나를 완전히 차단해 주었다. 소음을 핑계 삼아 잘 알아듣지 못한 질문에 대해 태연히 되물을 수도 있었다. 때로는 작업에 몹시 집중하는 척하며 입을 꾹 다물기도 했다. 영어 울렁증을 감추기 위해 나는 성실한 코워커 역할을 자처한 것이다.

포장까지 끝내고 나니 이제는 더 이상 숨을 구석이 없었다. 비스킷을 구워볼까 했지만 글라디스가 먼저 작업을 시작한 참이었다. 몇 시간을 가만히 서 있을 수만은 없어 나는 그녀가 있는 작업대 맞은편으로 슬금슬금 다가갔다.

"도와줄까? 필요한 게 있으면 말해. 가져다줄게."

"오, 아니야. 별거 없는걸."

정중히 사양했지만 완전한 거절의 의미는 아니었다. 베이킹 도구와 재료를 눈치껏 챙겨 작업대 위에 올려두었다. 눈동자를 굴리며 다음 일감을 찾는 내가 신경 쓰였는지 이번엔 그녀가 먼저 요청했다. 그런데 내게 대체 무슨 일이 일어난 것일까. 평소보다 유난히 글라디스의 말을 알아들을 수 없었다. 그녀가 뱉은 문장은 바람처럼 귓등을 스쳐 갈 뿐, 나는 어떤 단어도 붙잡지 못했다. 거듭되는 실수에 미안하다는 말만 되풀이했다. 차라리 가만히 있는 편이 그녀를 덜 귀찮게 할 것 같았다.

하지만 아무것도 하지 않을수록 머릿속은 더욱 빠른 속도로 엉망진창이 됐다. 어쩌다가 이런 굴욕을 맛보게 된 것인지로 시작된 자책은 온갖 회의와 부끄러움, 민망함으로 걷잡을 수 없이 커져갔다. 사람들의 질문에 엉뚱한 답변을 늘어놓던 부끄러운 순간들이 이제 와 다시 떠오르는 건 대체 무슨 심보일까. 롤러코스터를 타고서 비관의 끝을 향해 달려가고 있는 내 속도 모른 채 글라디스는 말없이 비스킷 반죽을 빚었다.

항변하고 싶었다. 늘 이렇게 바보처럼 구는 것은 아니라고, 영어로 표현하지 못할 뿐 내게도 주관과 생각이란 게 있다고, 늘 혼자 웅크리기만 하는 사람이 아니라고, 게다가 농담도 잘한다고. 그 모든 사실을 글라디스에게 알려야 했다. 하지만 무슨 수로, 아니 그런들 대체 무슨 소용이란 말인가. 너무나 구차하다. 아, 나는 정말이지……!

"미안해, 글라디스."

PART 2. 어딜 가든 삶은 따라온다

그저 숨을 크게 들이쉬려던 것뿐이었는데. 가슴속에 꾹꾹 눌러둔 말이 한숨과 함께 터져나오고 말았다. 가뜩이나 커다란 글라디스의 눈동자가 더욱 동그래졌다.

"내 영어 실력이 바닥이라 네가 하는 말을 못 알아듣겠어."

갑작스러운 나의 고해성사에 당황한 기색이 역력한 글라디스가 급히 손을 내저었다. 그런 그녀는 안중에도 없이 나는 발갛게 달아오른 얼굴로 혼잣말을 반복했다. 물은 이미 엎질러졌다. 다시 주워 담을 수 없다면 차라리 몽땅 쏟아붓는 편이 나을지도 몰랐다. 그간 애써 외면하려 했던 나의 자격지심이 밑바닥을 드러낼 때까지.

설익은 영어로 의사 표현을 하는 게 나는 늘 겁이 났다. 서투른 문법만큼이나 나 역시 서투른 사람처럼 보일 것 같아서였다. 그러면서도 소극적인 사람 취급을 받기는 더더욱 싫었다. 모순 덩어리다. 나는 그런 사람이 아닌데. 아무도 들리지 않게 속삭이는 날들이 지속됐다.

애석하게도 그깟 영어는 '그깟'이 아니었다. 나를 제대로 설명할 수 없다는 한계에 부딪힐 때마다 자존심에 금이 갔다. 내 한계를 스스로 인정하기 전까지 나는 매일 밤 악몽에 시달릴 수밖에 없었다.

가만히 내 말을 듣던 글라디스는 괜찮다는 말로 입을 열었다. 위로는 거기까지였다. 그녀라고 마땅히 해줄 조언이 있을 리 만무했다. 오히려 어색한 위로 대신 괜찮다는 그 짧은 한마디가 나를 안심시켰다. 내가 민망하지 않도록 다시 비스킷을 만들기 시작한 그녀를 따라 나도 동그랗게 반죽을 빚었다.

나의 모자람을, 부족함을, 빈틈을 보이고 나니 오히려 가슴 한편이 시원해졌다.

괜찮으냐고

내게

당신이 물었다

"Are you okay?"

이곳 사람들은 유난스러우리만큼 자주 "아 유 오케이?" 하고 물었다. 그때마다 나는 선뜻 답을 내놓지 못하고 한참 고민했다. 내가 지금 괜찮은가, 이 정도면 나쁘지 않지, 그렇다고 아주 좋은 것도 아닌데. 이것 참 뭐라고 해야 할지.

사뭇 진지한 나의 반응이 상대를 당혹스럽게 했다는 사실을 알게 된 건 얼마 지나지 않아서였다. "밥은 먹었니?" 정도의 인사치레일 뿐인데 그 말을 곧이곧대로 해석한 나 혼자 심각해진 것이다. 머쓱했지만 아무래도 좋았다. 비록 무심결에 던진 말일지라도 "아 유 오케이?" 하고 묻는 안부에는 뭉클한 구석이 있었다.

괜찮으냐고, 그렇게 서로를 확인할 때마다 마음의 온도가 1도쯤 올라갔다.

낭만적인
슬로 라이프의 부작용

아이스크림을 얹은 와플을 맛보는 게 대체 얼마 만인지. 바다가 내려다보이는 팬시한 카페에 앉아 나와 신혜는 실없이 웃고 말았다. 불과 몇 달 전만 해도 도시가 싫다며 시골 중의 시골까지 제 발로 온 것을 기뻐하더니 이제는 기껏 와플 한입에 마음이 들떴다.

아이스크림 가게를 나와 북아일랜드의 최고봉 슬리브 도너드를 배경으로 파스텔 톤의 건물이 늘어선 메인 거리를 걸었다. 얼핏 런던의 노팅힐을 떠올리게 하는 아기자기한 풍경의 한쪽에는 아일랜드해가 펼쳐져 있었다. 벨파스트처럼 대도시의 번잡함은 덜하되 킬킬보다는 다양한 문화 시설을 갖춘 뉴캐슬이 나는 무척 마음에 들었다. 게다가 눈을 정화시키는 아름다운 자연이 도시 주변을 포근하게 감싸고 있다. 매일 아침 이런 풍경을 마주하는 일상은 얼마나 풍요로울까. 하지만 슬리브 도너드를 오르거나 해변에서 물장구를 치는 날은 몹시 드물 것이다.

어쩌면 나는 자연 그 자체가 아닌, 자연이라는 이미지를 선망해 왔던 것 아닐까. 여유, 느림, 선한 사람들, 건강함 같은 단어를 나 좋을 대로 자연에 덧씌운 것인지도 모른다. 마루야마 겐지의 《시골은 그런 것이 아니다》를 읽다 보면 시골 생활에 대한 철없는 로망이 산산조각 난다. 예컨대 이런 문장. "자연이 아름답다는 것은 뒤집어 말하면 생활환경으로는 가혹하다는 의미입니다."

돌이켜보면 지금껏 내가 누려온 자연이란 엄밀히 말해 인공적으로 가꿔진 장소들이었다. 걷기 좋게끔 정비된 공원과 트레킹 코스, 나무 데크, 곰팡이가 슬지 않은 산장을 즐기며 자연의 품이 안락하다고 느꼈다. 정해진 루트에서 단 몇 발짝만 벗어나도 나는 어둠에 갇힌 아이처럼 겁에 질리고 말 것이다.

그런 의미에서 나무와 꽃은 좋아하지만 다리 많은 벌레는 질색인 내게 몬그랜지의 환경은 더없이 안성맞춤이었다. 지리적으로는 고립되어 있지만 시골의 원초적인 불편함은 조금도 느낄 수 없다. 잠자리는 깨끗했고 인터넷 속도는 원활했으며, 40여 분 남짓 소요되는 안락한 산책로를 언제든 걸을 수 있었다. 가혹함이라곤 없는 환경을 기꺼이 누리며 사람들은 건강하게 제 몫의 일을 해내면 될 뿐이다.

건강하게 노동한다.

그것은 밤을 꼬박 새우거나 주말을 상납하면서까지 서로를 착취하지 않음을 의미했다. 그 대신 몬그랜지에선 매일의 성실함을 요했다. 계절 내내 밭을 갈고 수확한 것으로 한 끼 식사를 마련했다. 매일 한 가닥씩 베틀을 짜다 보면 어느새 커다란 카페트가 완성되듯 1년을 살아냈다. 그토록 꿈꿔 왔던 낭만적인 슬로 라이프였다.

하지만 현실이 된 꿈이 완전한 행복을 보장하는 것은 아니었다. 성실을 바탕으로 반복되는 일상은 때로 너무나 지루했다. 당장 손에 잡히는 성취가 없으니 열심히 임하겠다는 동기부여가 약해졌고, 스스로가 나태한 사람처럼 느껴져 죄책감에 빠지는 날도 더러 있었다.

그렇게 종잡을 수 없는 상태로 반년쯤 지냈을까. 더디게 움직이는 몬그랜지의 일과에 안정감을 느끼기 시작했다. 제자리에 머물러 있는 줄 알았던 달팽이가 실은 최선을 다해 조금씩 이동하고 있는 것처럼 우리는 분명 나아가고 있었다. 정해진 일과 동안 필요한 만큼의 일을 하는 것이 마치 게으름을 피우는 듯한 착각을 일으켰던 건 초과 노동의 경험에서 기인한 슬픈 부작용이었음을 나는 뒤늦게 깨달았다. 느슨한 일상이란 삶을 대하는 태도의 문제이지 시간적 여유를 뜻하는 것만은 아니었다.

신혜와 나를 비롯한 한국인 코워커들이 기대한 캠프힐은 아마도 이런 모습이지 않았을까. 더 이상 허겁지겁 달리지 않아도 되는 삶. 직장과 학업, 심지어 결혼마저도 뒤처질까 불안해하지 않아도 되는

삶. 적어도 몬그랜지는 나의 그런 기대를 얼마간 충족해 주었다. 비교와 경쟁이 제거된 환경 속에서 나는 훼손된 독립성을 회복해 갔다. 필요한 타이밍에 숨을 고르고, 잠시 쉬어 가는 법을 배웠다. 하지만 한국에 돌아간 뒤에도 내가 지금의 마음가짐을 지켜낼 수 있을지는 의문이 들었다.

그런 까닭에 2년차를 맞은 신혜의 고민은 깊은 미궁에 빠져 있었다. 간호사였던 그녀는 해외에서 정착해 살고 싶어 했다. 연봉이 높은 대학병원은 그 대가로 일상을 앗아갔고, 그나마 숨통이 트이는 개인병원은 턱없이 적은 월급을 지급했다. 한국으로 돌아간들 차악과 차악 사이에서 고민해야 하는 상황이 불 보듯 뻔했다. 그렇다고 해서 해외 취업이 만만한 도전인 것은 또 아니었다. 스스로를 지키기 위해 우리는 대체 어디로 향해야 하는 것일까. 직업군이 다를 뿐 나 역시 신혜가 처한 딜레마에서 벗어날 수 없었다.

부끄럽게도 이곳에 오면 모든 고민거리가 자연히 해결될 줄 알았다. 대책 없는 긍정이었다. 혹은 그저 당장의 처지를 벗어나는 데만 혈안이 되어 나 자신을 속여온 것인지도 모르겠다. '어딜 가든 삶은 따라온다'는 마루야마 겐지의 따끔한 충고는 옳았다. 우리는 여전히 다음을 걱정하고 또 두려워하는 중이었다. 그나마 희망이 있다면 예전보다 우리가 더 많은 가능성을 품게 되었다는 것이다.

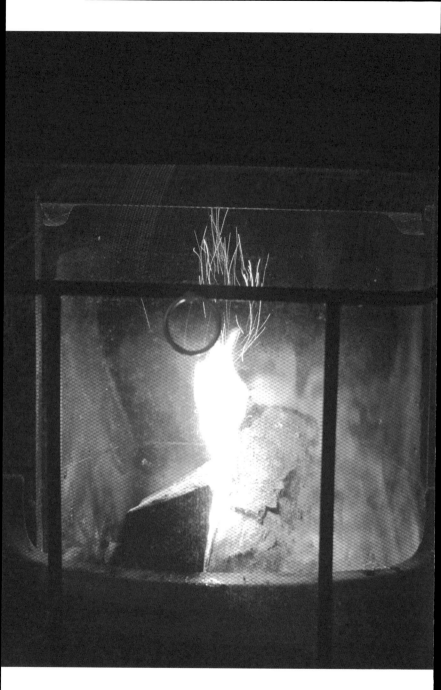

정상 궤도를
이탈하기

스켈릭마이클하우스에 딸린 정원에서 조촐한 캠프파이어가
열렸다. 온기를 좇아 모닥불 주변으로 둥글게 모여 앉은 코워커들
사이로 1.5리터 페트병에 담긴 저렴한 사이더가 오갔다. 술을 마시지
않는 나 역시 분위기에 휩쓸려 병째 한 모금 입안에 털어 넣었다.
탄산이 섞인 사과 맛 액체가 목구멍을 따끔하게 훑고 지나갔다.
차가운 바람 때문인지 알싸한 술기운 때문인지 코끝이 금세
발개졌다.

신기하게도 코워커들과 나눈 대화는 늘 하루가 채 지나기도
전에 기억에서 대부분 사라졌다. 이야기는 어디로 튈지 몰랐다.
하우스패런츠에 대한 뒷담화와 빌리저들과의 좌충우돌 해프닝은
차라리 낫다. 입 밖으로 던져진 대부분의 이야기들은 웃긴
농담이거나 하지 않는 편이 좋았을 시답잖은 말들이었다. 블루투스
스피커를 통해 밥 딜런의 목소리가 배경음악처럼 깔린다거나, 누군가

조용히 나서 기타를 연주하는 낭만적인 장면은 연출되지 않았다. 대신 세계 각지의 어느 도시에서 흘러든 우리의 시시껄렁한 목소리가 밤공기를 미지근하게 덥혔다.

내 맞은편에는 이제 막 학교를 떠나 무한한 자유를 만끽 중인 독일 소녀들이 앉아 있었다. 열일곱 혹은 열아홉. 자신을 둘러싼 모든 것들을 아낌없이 흡수할 나이인 그 친구들은 곧장 대학을 가지 않고 갭이어gap year를 보내는 중이었다.

잠시 학업을 멈추고 여행, 유학, 자원봉사 등 자신이 필요로 하는 경험을 쌓는 시간인 갭이어를 나는 이때 처음 알게 됐다. 그리고 놀랐다. 개개인의 유예 기간을 사회가 너그러이 기다려준다는 사실이. 고등학교 졸업과 동시에 대학 입학 절차를 밟는 한국인의 생애주기 안에서 갭이어는 좀처럼 떠올리기 어려운 선택지다. 하물며 성인이 되어서도 마찬가지다. 휴직이나 퇴사조차 정상 궤도를 이탈하는 행위로 종종 취급받는다. 잠시 휴지기를 갖겠다는 결심은 곧 퇴보를 의미한다.

문득 나와 마주 앉은 소녀들이 부러웠다. 자신의 젊음을 원하는 방식대로 운용하고, 그 선택을 존중하는 사회 분위기에 시샘이 일었다. 스물여덟 살이나 먹은 나는 여기 오기까지 온갖 충고에 시달렸다. 캠프힐에 오는 것보다 주변의 시선에서 자유로워지는 것부터 난관이었다.

두 살 어린 내 남동생은 대학을 자퇴했다. 하지만 이 단순한 결론을 얻기까지의 과정은 너무도 길고 지난했다. 부모님의 반대에 부딪혔음은 물론이다. 엄마는 독립해 살고 있는 내게 전화를 걸어 어떻게든 설득해 보라고 했지만 소용없는 일이었다. 동생은 누구보다 스스로를 잘 알고 있었다. 학업이 자신에게 어울리지 않는 옷이라는 것을 일찌감치 알아차렸고, 사회적인 체면을 위해 졸업장을 따지 않겠다는 확신이 있었다. 그 확신을 깨뜨릴 만한 설득법을 나는 알지 못했다.

결국 동생은 몇 번의 휴학 끝에 자퇴서를 제출한 뒤 자신의 가게를 열었다. 다행히도 갈등은 더 이상 깊어지지 않았다. 생각을 행동으로 실천함으로써 자신의 의지를 입증한 덕분이었다. 그럼에도 여전히 동생의 선택은 유별난 것으로 여겨졌다. 한국에서 스스로 선택한다는 것은 이토록 요원하다.

서른을 코앞에 두고서야 나는 뒤늦게 내 인생의 첫 번째 갭이어를 갖게 됐다. 사람들의 우려처럼 돈도 경력도 학업도 쌓지 않고 있는 나라는 인간은 지금 정체되어 있는 것일까. 그렇지 않다.

이곳에 온 이후 나는 무언가를 꾸역꾸역 채워 넣는 대신 내 안에 고여 있던 편협함을 쉼 없이 흘려보냈다. 그리하여 마침내 텅 빈 상태가 되었을 때 그 자리에 가장 먼저 무엇을 쌓아 올리면 좋을지, 그런 즐거운 고민만이 남아 있을 뿐이다.

Episode 19.

나는 말하고,
그녀는 쓴다

어떤 일인지 안나가 내 손을 이끌고 자신의 방으로 안내했다.
토요일 오전 청소 시간이나 잠들기 전 양치질할 때를 제외하면 내가
그녀의 방에 들어가는 일은 거의 없었다.

언제나처럼 침대 위에는 종이 더미와 칠하다 만 컬러링북,
색연필이 놓여 있었다. 가로로 한 번, 세로로 한 번. 손바닥만 한 카드
형태로 접은 A4 종이를 펼치면 알록달록한 안나의 세상이 펼쳐졌다.
동글동글한 얼굴의 사람들이 노란색, 빨간색, 파란색, 녹색의 옷을
입고서 들판의 꽃처럼 여기저기 흩어져 있다. 그림은 늘 성글고
어딘가 그리다 만 듯한 느낌이었다.

가끔 그녀는 이 그림 카드에 메시지를 적어 밤사이 내 방문 앞에
놓아두었다. 때로는 페이지마다 그림을 남긴 수첩이 놓여 있기도
했다. 'DEAR SONG'으로 시작해 'LOVE FROM ANNA'로
끝나는, 귀여운 할머니의 짧막한 안부 인사.

침대에 걸터앉은 안나가 내게 보여준 것은 다름 아닌
앨범이었다. 뜬금없는 행동에 의아해하면서도 페이지를 넘기는
그녀의 손가락에서 시선을 뗄 수 없었다. 투명한 접착 비닐 아래
보관된 사진 속 주인공은 젊은 시절의 안나였다. 수십 년의 시간이
흘렀지만 나는 그녀를 단번에 알아볼 수 있었다. 깊은 눈매와
보조개가 팬 미소만큼은 조금도 변하지 않았다.

"와, 예전에는 머리카락이 길고 새카맸군요."

고르게 물든 은빛 단발머리를 쓱 훑으며 그녀가 고개를
끄덕였다.

"어라, 이때는 지금보다 훨씬 통통했네요. 키도 커 보이고요."

그녀가 다시 한번 고개를 끄덕였다. 유행하는 스타일의 풍성한
파마에 트렌치코트를 걸친 20대 시절 엄마의 사진을 발견한 날이
문득 생각났다. 중학생인 내게 그 푸릇한 사진은 가히 충격이었다.
처음 만난 사람처럼 낯설기만 한 이 아가씨가 엄마라는 사실을
좀처럼 믿기 어려웠다.

그녀는 무슨 일을 하고 있을까, 남자 친구는 있을까, 친구들과는
어떤 대화를 나눌까. 누군가의 부모도 아내도 아니었던 시절에
대해 나는 전혀 아는 바가 없었다. 생기 넘치는 어느 여성의 삶은
사진 속 시간에서 멈춰 있는 듯했다. 엄마가 평생 엄마인 줄로만
알았던 것처럼, 안나에게서 단 한 번도 단단한 육체와 청춘의 단어를

떠올려본 적 없던 나는 그만 머쓱해졌다.

　오후에는 조와 함께 안나를 데리고 치과에 다녀오기로 했다.
드디어 그녀에게 틀니를 선물하게 된 것이다.

　매일 밤 그녀의 이를 닦아줄 때마다 어찌나 진땀을 흘렸던지. 몇
남지 않은 안나의 치아는 무너지기 직전의 건물처럼 아슬아슬했다.
자칫 힘 조절에 실패했다간 간신히 잇몸에 뿌리내리고 있는 이마저
뽑힐 것만 같았다. 그 때문에 양치질은 사실상 비질에 가까웠다.
먼지를 털듯 치아 표면을 살살 쓸어내는 정도였다. 놀라운 건 이런
상태에서도 꿋꿋이 음식을 섭취하는 안나의 의연한 자세였다.

　변변치 않은 치아라고 해서 그녀가 먹지 못할 음식이란 없었다.
매주 화요일마다 먹는 두툼한 양고기 스테이크도 그녀는 거뜬히
해치웠다. 차디찬 아이스크림도 문제없었다. 게다가 웬만한 남자보다
빠른 속도로, 많이 먹기까지 했다. 한창 식사를 하다가 고개를
돌려보면 그녀는 이미 접시에 눌어붙은 소스와 부스러기를 싹싹 긁어
모으는 중이었다.

　진료실에서 나온 안나를 보자마자 나는 속으로 비명을 지르고
말았다. 어릴 적 보았던 만화영화의 호호 할머니가 되어 나타난
게 아닌가. 간단히 치아 상태만 체크하는 줄 알았는데, 알고 보니
남은 이를 모조리 뽑는 날이었다. 양 볼은 푹 꺼지고, 입술 주변의

자글자글한 주름은 평소보다 더욱 도드라졌다. 흑백사진 속 건강한 여성의 얼굴이 오버랩되면서 가슴이 시큰했다. 조가 미리 언질을 주었다면 충격이 덜했을 텐데. 괜찮으냐고 묻자 그녀는 언제나처럼 입꼬리를 위로 끌어 올리며 고개를 끄덕였다. 속을 알 수 없으니 그렇게 믿을 수밖에.

안나와의 대화는 수신이 약한 라디오 주파수를 맞추는 것과 닮았다. 귀를 바짝 세운 채 슬금슬금 다이얼을 돌리다 보면 흐릿했던 목소리가 점차 또렷해진다. 물론 안나는 말을 하지 않았으므로, 대신 자신의 방식대로 신호를 쏘아 보냈다. 그렇게 우리는 몇 가지 무언의 신호를 공유했다. 하지만 목소리로 전달되는 의사소통에 익숙한 나는 한동안 그 사인을 놓치거나 흘려보내기 일쑤였다.

토요일 오전 대청소 시간. 청소기를 돌리던 안나의 방이 조용해지자 나는 하던 일을 멈추고 복도를 확인했다. 이번에도 어김없이 내 방문 앞에는 그녀가 방금 사용한 청소기가 놓여 있었다. 청소가 끝났으니 목욕을 할 차례라는 메시지였다. 그것을 알아차린 내가 욕조에 온수를 받기 시작하면 콸콸 쏟아지는 물소리를 들은 안나가 욕실로 향했다. 그리고 5분쯤 흘렀을까. 그녀가 수도꼭지를 잠그고 욕실에 정적이 찾아오면 이번엔 내가 문을 똑똑 두드렸다. 안으로 들어서자 뜨끈한 물에 몸을 절반쯤 담근 말간 얼굴이 보였다.

청소에서 목욕으로 이어지는 과정 동안 우리는 언어가 아닌 주변의 소리를 신호 삼아 움직였다. 서로가 무엇을 원하고 필요로 하는지 정확히 알게 되었을 때 가능한 일이었다. 그러기까지 딱 반년이 걸렸다.

나는 샤워기로 안나의 몸을 적시며 목덜미를 덮은 백발의 머리카락을 위로 쓸어 올렸다. 그녀의 몸에 새로운 상처가 생기진 않았는지 살펴보기 위해서였다. 그것은 안나가 사람들에게 보내는 은밀한 신호였다. 스트레스를 받을 때마다 그녀는 눈에 잘 띄지 않는 목덜미나 바짓단 아래의 피부에 스스로 흠을 냈다. 언제 어느 틈에 손을 대는지 알 수 없으니 이렇게 목욕을 할 때나 발견할 수 있었다.

아니나 다를까 이틀 전만 해도 보이지 않던 상처가 서너 개나 늘어나 있었다. 같은 자리를 얼마나 자주 긁었는지 깊게 팬 살 속에 묽은 피가 고인 상태였다. 안나의 손이 닿는 어깨선을 따라 거뭇한 흉터가 조약돌처럼 박혀 있었다. 간신히 아문 흉터는 금세 다시 붉은 상처가 됐다.

그제야 지난 며칠간 유난히 발길질이 잦았던 안나의 공격적인 행동이 이해됐다. 어느 날 갑자기 치아가 죄다 사라진 지금의 상황이 아무렇지 않을 리 만무했다. 불편하고 어색했을 것이다. 음식을 베어 물 때마다 통증을 느꼈을지도 모른다. 평소와 다름없이 토스트와 파스타, 양고기를 남김없이 해치우는 모습에 쉽게 안도한 스스로가

부끄러웠다. 그녀의 피로를 더 일찍 알아채지 못한 게 두고두고
마음에 걸렸다. 안나와의 대화 방식에 꽤 익숙해졌다고 의기양양해
있는 사이 그녀는 말없이 제 상처를 하나씩 늘려가고 있었다.

1층에 있는 약품함에서 안나의 전용 연고와 밴드를 챙겨 왔다.
상처 위로 연고를 바르는 내내 그 따끔함이 떠올라 눈살을 찌푸리는
나와 달리, 정작 당사자는 앓는 소리 하나 없이 태연하기만 했다.
이럴 땐 그녀의 침묵이 원망스러웠다.

일주일 뒤 치과에 다녀온 안나의 양 볼이 다시 예전처럼
도톰하게 차올랐다. 공백 없이 늘어선 치아는 젊은 시절의 해사한
미소를 되돌려주었다. 사람들은 박수를 치며 그녀의 새로운 치아를
한껏 축하했다. 안나 역시 자신의 달라진 모습이 마음에 들었을까.
좋지도 나쁘지도 않아 보이는 그녀의 심상한 얼굴을 아무리
들여다본들 확신할 수 있는 것이라곤 무엇도 없었다. 그저 주의 깊게
그녀의 신호를 기다리고, 또 기다리는 수밖에.

Episode 20. 　　　　우리 각자의
　　　　　　　　　　　평화로운 밤

　　새벽에도 아랑곳없이 편의점과 카페가 열려 있던 서울에
비하면 이곳 시골의 밤은 금욕적이었다. 해가 저물기 무섭게 모든
편의 시설이 문을 닫는 황량한 거리가 처음에는 얼마나 어색하던지.
띄엄띄엄 켜진 가로등과 두어 개의 펍, 술 취한 행인만이 늦은 밤까지
깨어 있었다.

　　일을 마친 사람들은 모두 집으로 돌아갔다. 그들은 아늑한
거실에서 가족들과 조촐한 저녁 식사를 나누고, 축구 경기와 오늘의
뉴스를 시청했다. 가끔은 뉴리의 극장에서 최신 영화를 관람하거나
빙고 게임을 하며 간만의 흥분을 만끽하겠지.

　　몬그랜지하우스의 밤은 봄날의 춘곤증처럼 나른했다. 조가
벤조의 줄을 살살 튕기며 뉴스를 보는 동안 그 옆에 앉은 헬렌은
고개를 떨군 채 얕은 잠에 빠졌다. 엘라와 꼬마 친구들이 방방 뛰어
노느라 천장이 울려도 층간 소음을 화낼 사람은 어디에도 없었다.

거실의 가장 안쪽에 앉은 나는 일기를 쓰거나 유튜브의 영상을 음소거한 채로 기타 코드를 연습했다. C, D, G7……. 밥 딜런의 '노킹 온 헤븐스 도어'는 초심자의 연습곡으로 제격이었다. 그런 내 모습을 구경하던 크리스틴이 열 번쯤 말을 걸면 그중 나는 여섯 번쯤 성의껏 답했다. 통조림에 밀봉해 두고 필요할 때마다 조금씩 꺼내 쓰고 싶은, 그런 평온한 밤이었다.

공식 일과가 끝난 이후에는 코워커들끼리 모여 수다를 떨거나 작은 술자리가 벌어졌다. 봉고차를 빌려 다 함께 시내의 클럽에 가려면 만반의 준비가 필요했다. 입에서 입으로 날짜와 시간이 전달되면, 당일 밤 한껏 차려입은 코워커들이 마을 초입으로 삼사오오 모여들었다. 하우스패런츠 요하나의 소개로 아이리시 댄싱을 배우러 간 적도 있다. 조도를 낮춘 강당 안은 격식을 갖춰 입은 중년의 여성과 남성들이 뿜어내는 잔잔한 흥분으로 가득 차 있었다. 모르는 이의 팔짱을 끼고 손뼉을 마주치다 보면 어느새 파트너는 다른 이로 바뀌어 있었다. 한 세트가 끝날 때마다 나는 강당 한쪽에 마련된 달콤한 케이크와 음료를 먹어치웠다. 그날 밤 우리는 쉴 새 없이 돌고, 돌고, 또 돌았다.

혼자 있는 시간도 많았다. 어느 밤에는 데미안 라이스의 음악을 들으며 힐팜에 올랐다. 이곳은 내가 몬그랜지에서 가장 좋아하는 장소였다. 나지막한 언덕을 따라 양쪽에는 초원이 펼쳐졌고 저

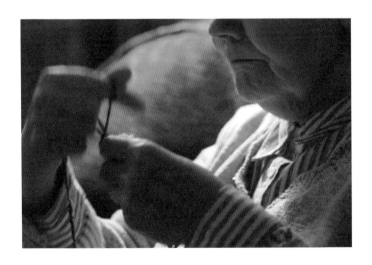

멀리 산이 보였다. 눈을 어지럽히는 것은 무엇도 없었다. 주말에는 하루에도 몇 번씩 빌리저들과 이곳으로 산책을 왔다.

그날은 유난히 별이 많은 밤이었다. 데미안 라이스의 허스키한 목소리가 가라앉은 기분을 더욱 멜랑콜리하게 부추겼다. 목을 한껏 뒤로 젖힌 채 밤하늘을 보며 걷던 나는 예상치 못한 사람의 등장에 화들짝 놀라고 말았다. 마그다였다. 그녀 역시 이어폰을 귀에 꽂은 채 긴 밤을 통과하던 중이었다. 우리는 가볍게 눈인사를 하고 그대로 헤어졌다. 누구의 방해도 받지 않은 각자의 오롯한 밤이었다.

신혜와 해영을 따라 콜렛의 집을 방문했다. 위버리의 마스터인 콜렛은 직장 동료인 론드리 마스터 캐슬린과 가까운 친척이었다. 듬직한 풍채가 똑 닮은 두 사람은 몬그랜지에서 만난 어느 누구보다 호탕한 성격의 소유자였다. 수다스럽지만 다정한 이들의 꾸밈없는 성격은 잠깐의 대화만으로도 알 수 있었다. 몬그랜지에서 홀로 긴 시간을 보낸 해영에게 이 두 사람은 가장 듬직한 친구였다. 사무적으로 얽혀 있는 하우스패런츠보다 외부인인 캐슬린과 콜렛이 속마음을 터놓기에는 훨씬 편한 상대였을 터다.

콜렛과 캐슬린, 그리고 그녀의 어머니까지 대동해 우리는 빙고 게임을 하러 나섰다. 얼마 걸리지 않아 도착한 주차장은 먼저 온 차들로 이미 만석이었다. 환한 불빛이 새어 나오는 커다란 건물

안으로 발을 딛자마자 나는 눈을 동그랗게 떴다. 빼곡하게 테이블이 들어선 널따란 공간은 사람들의 웅성거림으로 떠들썩했다. 대체 어디서 모여든 인파란 말인가. 아이리시 댄싱을 추러 간 이래 이렇게 많은 사람들이 모인 광경은 처음이었다. 그때와 마찬가지로 젊은 사람들은 많지 않고 중년층이 대부분이었는데, 신기하게도 그들 모두 씩씩한 에너지를 풍겼다.

게임의 룰은 내가 알고 있던 추억의 빙고 게임과 얼추 비슷했다. 1부터 100까지 숫자가 차례로 적힌 종이 뭉치를 받아 들고 사회자가 부르는 번호 5개를 가장 먼저 체크한 사람이 승리한다. 이때 큰 소리로 "빙고!"를 잽싸게 외치는 게 중요하다. 대체 이게 뭐라고. 승부욕이 없는 나조차 막상 종이 뭉치가 쥐어지고 나니 열성적으로 참여하게 됐다. 사실 게임 자체의 즐거움보다 사람들 틈에 섞여 환호를 내지르는 것이 흥겨웠다.

집으로 돌아왔을 때는 자정이 채 되지 않은 시각이었다. 게임의 열기로 달아오른 양 볼이 아직도 후끈거렸다. 잠이 오지 않는 몸을 억지로 침대로 끌어 눕히고 눈을 감았다.

아, 편의점에 가고 싶다. 얼큰한 컵라면 국물과 바나나 우유가 아른거렸다. 원하는 것을 언제든 쉽게 가질 수 있는 도시의 밤이 가끔은 그리웠지만 간절하지는 않았다. 아침부터 몸을 놀린 우리 모두를 위해 밤만큼은 가만히 내버려두어도 좋겠다 싶다. 그날 밤과 새벽 내가 누린 잠깐의 편리는 누군가의 노동과 수고를 통해 얻어진 것이었다. 우리는 이름도 모르는 타인에게 수시로 빚을 지며 살고 있는 게 아닐까. 그 빚을 갚느라 저녁을 잃고, 다시 또 빚을 지고, 갚고.

　　잠이 오질 않으니 쓸데없는 생각이 꼬리에 꼬리를 물고 이어진다.

다른 무엇도
아닌 나

　　전날 밤 랜드빌딩에서 한바탕 벌인 코워커들의 술자리가
문제가 됐나 보다. 여기저기서 그날의 흉흉한 소문이 나돌았다. 진탕
취한 누군가 바닥에 구토를 한 바람에 치우느라 고생을 했다는 둥,
늦잠을 자서 워크숍 일을 제대로 하지 못했다는 둥. 졸음을 핑계로
저 아수라장을 일찍 빠져나오길 잘했구나 싶었다. 그리고 반나절 뒤
더 이상 랜드빌딩에서 술을 마시면 안 된다는 경고가 코워커들에게
날아들었다는 소식이 전해졌다.

　　몬그랜지 내에서 코워커의 음주는 공식적으로 금지되어 있지만
필사적으로 막는 분위기도 아니었다. 안전상의 이유가 가장 컸고
그 외에도 이런저런 이유가 있었지만 금주를 납득하는 코워커는
거의 없었다. 일과가 끝난 자유 시간마저 통제당하는 기분이랄까.
집을 떠나 또래의 친구들과 어울려 사는 20대 코워커들에게 술이
없는 밤이란 시시하기 짝이 없었다. 각자의 방에서, 가끔은 워크숍

마스터의 양해를 구하고 어제처럼 랜드빌딩에 모여 술을 마셨다. 수확한 채소와 농기구를 보관하는 창고 겸 휴식 공간인 랜드빌딩은 마을 안쪽에 자리해 있어 음주를 하기에 최적의 장소였다. 소란스럽게 떠들어도 문제없는 데다 열댓 명의 코워커가 다 함께 둘러앉을 수 있을 만큼 넓다. 적당히 지저분한 환경 역시 부담 없이 노는 데 한몫했다.

당분간 랜드빌딩 출입이 어렵게 된 것을 두고 베이커리에서는 마이클과 글래디스, 캐슬린이 한창 토론을 벌였다. 어디서 술판이 벌어지건, 술을 마실 수 있건 없건 모두 관심 밖의 이야기인지라 나는 창밖의 먹구름이나 멍하니 바라보았다. 알코올에 예민하게 반응하는 몸 때문에 술을 즐기지 않기도 했지만, 시끌벅적한 술자리보다 커피 한 잔을 두고서 소곤소곤 담소를 나누는 시간이 이제는 더 편안했다. 술 한잔 마시지 않으면서도 사람들과 밤새 어울리는 일이 마냥 즐거운 시기도 있었다. 대학생 때였다. 나이 탓인지 정서의 변화인지 명확히 말하긴 어렵지만, 여하간 지금의 나는 몇 년 전과 확실히 달라져 있었다.

하지만 몬그랜지에 발을 딛고 얼마 지나지 않아 내 본래의 성격을 잠시 묻어두기로 했다. 술자리가 있을 때마다 빠지지 않고 참석했으며, 평소보다 좀더 실없는 사람처럼 굴기도 했다. 함께 휴일을 보내고, 함께 식사를 하고, 함께 운동을 하는 일에 나를 밀어

넣었다. 그것이 새로운 환경을 맞이하는 이의 적절한 자세라고
생각했다. 한국에서처럼 행동하고 사고할 거라면 굳이 이곳에 온
보람이 없을 것만 같았다. 잘 보여야 할 사람도, 허점을 드러내지
않으려 애쓸 필요도 없으니 1년쯤은 다른 사람이 되어 살아볼
수 있는 절호의 기회이기도 했다. 술의 힘을 빌려 자기검열 없이
헛소리를 지껄이고 춤추는 나를 보고 싶은 마음도 없지 않았다.

특히 내 옆의 신혜를 볼 때마다 그 생각은 더욱 강해졌다.
신혜의 별명은 크레이지 코리언 걸이었다. 비쩍 마른 몸으로 덩치 큰
남자 코워커들과 사정없이 축구를 하고, 워크숍에서도 늘 분위기를
주도하며 웃음을 자아냈다. 한때는 몬그랜지에 적응하지 못해 방에서
틀어박혀 지냈다던 신혜의 흑역사가 믿기지 않을 정도였다.

언제부터인가 나는 그런 신혜를 의식하기 시작했다. 10년
터울의 어린 코워커들과 허물없이 어울리는 그녀와 그렇지 않은
나를, 소소한 농담을 던지며 웃음을 터트리는 그녀와 그렇지 않은
나를 비교했다. 신혜의 적극적인 성격이 부러웠고 부러움의 크기만큼
나는 위축됐다. 그럴수록 술자리를 떠나지 않고 자리를 지켰다.
억지로 술을 마시고, 나답지 않은 과한 리액션을 했다. 타고난 성격도
노력하면 바뀔 줄 알았다. 이곳에 어울리는 사람으로 바뀌고 싶었다.
하지만 나는 신혜가 아니었다. 꽤 오랫동안 그 고민이 머릿속을
떠나지 않았다.

코워커들과의 자리가 갈수록 불편해진 건 어쩌면 자연스러운 수순이었다. 결국은 거짓말이 입에서 튀어나오고 말았다. 여느 때처럼 파운데이션 코스가 끝난 뒤 코워커들과 저녁을 먹는 자리였다.

"난 오늘 집에서 저녁을 먹어야 할 것 같아. 카인이 외출을 한다네."

"무슨 소리야? 네가 굳이 갈 필요는 없잖아."

아귀가 맞지 않는 어설픈 거짓말이었다. 그럼에도 불구하고 나는 어떻게든 저녁 식사 자리를 피하고 싶었다. 그날만큼은 나만의 고요한 시간이 간절했다. 까닭 없이 저 스스로 방에 갇히고 싶은 그런 날이었다.

이런 감정을 알리나에게 설명하기란 쉽지 않았다. 그녀가 이해해 줄 것이라는 확신이 없으니 말을 꺼내기가 더욱 어려웠다. 아마도 이전의 대화 탓일 것이다. 그때 알리나는 나 홀로 보내는 시간이 좋다는 내 말에 공감하기 어렵다는 듯 고개를 갸웃거렸다. 혼자 있는 것만큼 지루한 일도 없다며 여행도 절대 혼자서는 하지 않을 것이라고 대꾸했다. 그러고 보니 소피아 역시 비슷한 반응을 보였던 게 떠올랐다. 순간 민망해졌다. 졸지에 이상한 사람이 된 것 같은 기분이 들었다.

그저 자신의 성향을 드러냈을 뿐이라는 걸 잘 알면서도 그 말이

PART 2. 어딜 가든 삶은 따라온다

자꾸 마음에 쓰였다. 나도 너처럼 다 같이 어울려 노는 게 좋았던 적이 있다고. 꺼내봐야 소용없는 말들을 입에 가득 머금은 채 나는 기어이 방으로 돌아왔다.

스토어 안의 카페는 티타임을 가지려는 사람들로 북적거렸다. 토마스와 헬렌이 음료를 주문하기 위해 줄 서 있는 동안 나는 크리스틴과 안나를 빈 테이블에 앉혔다. 늘 그렇듯 크리스틴은 애플 주스와 초콜릿 케이크, 안나는 스트로베리 아이스크림을 선택했다. 뻔히 알면서도 매번 물어보는 건 그들에게도 개인의 취향이 있다는 사실을 잊지 않기 위해서였다.

대기 줄의 끝자락에 서 있는 내 뒤로 마그다가 따라 섰다. 오랜만에 보는 얼굴이었다. 작은 마을이지만 일하는 워크숍이 다르면 좀처럼 만나기가 어려운 게 코워커 사이였다. 마침 마주친 김에 오늘 밤 술자리에 올 것인지 물었다. 조금의 망설임도 없는 대답이 돌아왔다.

"방에서 쉬려고. 사람들이랑 어울리는 것도 좋지만, 가끔은 혼자 있고 싶을 때가 있어. 안티 소셜 상태랄까. 요즘이 그래."

예상하지 못한 그녀의 말에 나는 순간 멍했다. 우연히 펼친 페이지에서 인생의 문장을 마주했을 때처럼, 내 심정을 정확히 대변한 마그다의 말은 심심한 위로 그 이상이었다. 아차 싶었다.

스스럼없이 자신을 드러내는 그녀와 달리 나는 속내를 감추고 숨기는 데 늘 골몰했다. 스스로를 안티 소셜이라 비꼬는 그 당당함이 이상해 보이기는커녕 오히려 마그다를 더욱 이해하고 싶어졌다.

서둘러 다가오면 뒷걸음치는 사람, 가끔 홀로 있는 시간을 즐기는 사람, 고독한 시간만큼 함께하는 순간 또한 소중히 여기는 사람. 그게 바로 나라는 사실을 너무 오랫동안 잊고 있었다.

작고 좁은

방에 관한

이야기

싱글 침대, 낡은 책상과 등받이 소파, 모서리가 마모된 서랍장, 한 칸짜리 옷장이 전부인 내 작고 좁은 방이 좋다. 이곳은 나의 아늑한 침실이자 서재이고 테라스이며 때로는 비밀의 화원이었다. 간신히 스카이프를 연결해 친구와 한 박자 느린 대화를 나눈 것도, 미래의 내게 응원의 엽서를 줄기차게 쓴 곳 또한 이곳이었다.

아스라한 빛이 쏟아질 때면 나는 침대에 비스듬히 누워 온몸으로 햇빛을 쬐었다. 웃긴 농담과 얼마 남지 않은 여행, 냉장고에 넣어 둔 식은 피자에 대해 생각하기 좋은 시간이었다. 작은 방은 어둠에도 금세 물들었다. 백열등 덕분에 밖에서 바라본 2층 내 방은 밤하늘의 별처럼 노랗게 빛났다. 가끔은 창 너머의 달을 바라보다 까무룩 잠이 들었다.

내게는 누구에게도 말해 본 적 없는 방에 관한 재미난 이야기들이 있다.

Episode 22.	**31일 동안의**
	크리스마스

"믿겨지니? 초 대신 전구를 사용하기는 이번이 처음이야."

카인이 트리에 촛대를 걸며 감회에 젖은 목소리로 말했다.
지난해 크리스마스트리에 촛불이 옮겨 붙어 화재가 날 뻔한 이후
올해는 LED 전구와 초를 함께 쓰게 됐다는 이야기였다. 밑동이 잘린
전나무 아래쪽에는 별처럼 깜빡이는 전구가, 그 위로는 하늘거리는
촛불이 거실을 환하게 밝혔다. 크리스마스를 덤으로 얻는 휴일
정도로 여기는 나조차 눈앞에 펼쳐진 따뜻한 풍경에 속절없이 물들고
말았다.

몬그랜지의 12월은 25일 단 하루를 위한 준비 기간과도 같았다.
매일매일이 크리스마스 전야제다. 어른들이 크리스마스카드와
선물, 연말 홀리데이를 준비하는 동안, 아이들은 어드벤츠 캘린더의
1일부터 24일까지 하나씩 숨겨진 초콜릿을 꺼내 먹으며 최후의
그날을 손꼽아 기다렸다. 베이커리는 어느 워크숍보다 분주했다.

크리스마스 시즌 디저트인 민스파이와 파운드케이크를 굽느라 쉴 틈 없이 오븐이 돌아갔다.

크리스마스 선물 쇼핑을 위해 신혜와 더블린을 찾았다. 한 사람 한 사람을 위해 이토록 많은 선물을 준비하기는 태어나 처음이었다. 4명의 빌리저와 하우스패런츠 가족, 시크릿 산타의 짝이 된 코워커까지 모두 9명. 12월 내내 선물에 관한 생각만 한 것 같다. 한정된 금액 안에서 각자의 취향이 반영된 물건을 고르기란 여간 어려운 게 아니었다. 선물을 한다는 건 나의 안목과 센스가 은근히 드러나는 일이기 때문이다. 천만다행인 건 매달 100파운드씩 지급되던 포켓머니가 12월에는 두 배인 200파운드라는 사실이었다. 크리스마스 보너스인 셈이다.

더블린 시내의 한인 마트에서 컵라면과 햇반을 구입하고 순두부찌개까지 배불리 먹고 나서야 본격적인 쇼핑에 나섰다. 여느 유럽 도시가 그렇듯 더블린 역시 성탄절 무드로 한껏 달아올라 있었다. 촘촘히 엮은 작은 전구 불빛이 은하수처럼 사람들 머리 위로 흘렀고, 상점마다 흘러나온 캐럴은 한데 섞여 합창이 됐다. 아쉽게도 꼭 한 번 가보고 싶었던 크리스마스 마켓은 결국 찾아내지 못했다. 아직 시기가 이른 탓인지 본격적으로 개장하기 전인 듯했다.

발길은 자연스레 리피 강 남쪽으로 뻗은 그래프턴 거리로

PART 2. 어딜 가든 삶은 따라온다

향했다. 더블린의 가장 번화가인 이곳을 나는 음악 영화 〈원스〉를 통해 먼저 알게 됐다. 악기 상점 앞에서 버스킹을 하던 글렌 핸사드와 꽃을 파는 마르게타 이글로바가 마주쳤던 거리, 소매치기를 쫓아 내달리던 성 스테판 공원이 바로 이곳에 있었다. 스크린 속의 주인공이 떠난 자리에는 더블린의 젊은 음악가들이 한창 버스킹 공연 중이었다. 대구의 오래된 독립영화관에서 〈원스〉를 세 번이나 관람했던 내가 크리스마스 선물을 사기 위해 이 거리에 오게 될 줄 그때의 나는 상상이나 했을까. 한동안 영화 OST에 푹 빠져서 지냈던 스물둘의 내가 떠올라 기분이 묘했다. 가끔 글렌 핸사드가 그래프턴 거리에서 깜짝 공연을 연다던데 아쉽게도 그런 드라마틱한 순간이 찾아오진 않았다.

아일랜드 기념품점과 축구용품 매장, 중고 서점, 편집숍을 오가며 선물을 고르는 일은 퍽 재밌었다. 상대가 필요로 할 만한 물건을 떠올리기 위해 그와의 지난 추억을 하나씩 되짚어야 했기 때문이다. 나는 그들이 무심코 흘린 말과 표정들을 다시 붙잡아보려 애썼다.

동물만 보면 반색하는 헬렌을 생각하며 얼룩소가 새겨진 머그잔을, 스포츠를 좋아하는 토마스를 위해 축구에 관한 일러스트북을 골랐다. 카인과 조 부부를 위해서는 선물보다 고급스러운 디자인의 카드를 고르는 데 심혈을 기울였다. 카인은 생일 카드와 기념엽서를 서랍에 곧장 보관하지 않고 거실과 복도 곳곳에 한동안 진열하는 습관이 있었다.

선물을 핑계로 간만에 적극적인 소비 활동에 나선 것 역시 은근한 즐거움이었다. 잠들어 있던 감각 하나가 눈을 뜬 기분이었다. 몬그랜지에 온 이후 나는 옷과 액세서리, 잡화 등을 구입하는 소소한 씀씀이를 거의 잊고 지냈다. 킬킬의 세컨드 핸드 숍에서 중고 스웨터와 점퍼, 털모자를 공짜로 얻어 입었고, 아무렇게나 자란 긴 머리카락은 해영이 부엌 가위로 댕강 잘라주었다. 미용사의 섬세한 손길은 닿지 않았지만 컨트리사이드에 세법 어울리는 단발머리였다.

이런 절약 생활이 궁상맞거나 처량하게 느껴진 적은 결코 없었다. 포켓머니를 모아 귀국길의 여행 경비로 쓰겠다는 명확한 계획이 있었고, 무엇보다 최소한의 소비만으로도 생활에 불편함을 느끼지 않았다. 일상적인 스트레스를 번번이 소비로 해결했던 지난 나를 떠올리면 이것은 큰 변화였다.

치장하는 일에 어느 정도 무심해진 것도 영향을 미쳤다. 매일 먼지를 뒤집어쓰며 노동을 하는 데다 외모로 누군가의 환심을 살 필요가 없는 이곳에서 신자유주의 시대의 외모 지상주의는 설득력을 갖지 못했다. 영화 〈비포 선셋〉의 셀린은 "소비를 하지 않으니 내면이 풍부해졌다"고 말하던데. 내면의 성숙까지는 아니더라도 나는 예전보다 타인의 시선에서 자유로워졌음을 느꼈다. 기분 전환 삼아

혹은 파티에 가기 위해 스스로 화장대 앞에 서는 경우를 제외하면 누군가를 위해 마스카라를 바르는 일은 더 이상 하지 않았다.

더블린의 랜드마크인 120미터 높이의 더 스파이어 첨탑을 지나 템플바 구역으로 걸음을 옮기자 분위기는 완전히 반전됐다. 펍의 도시답게 골목 구석구석 자리한 수십 개의 펍은 이미 사람들로 가득 차 있었다. 이곳에서는 캐럴 대신 흥겨운 아이리시 음악이 사람들의 웅성거림과 함께 거리로 쏟아졌다. 시계를 확인해 보니 아직 오후 5시도 채 되지 않은 시각이었다.

아무래도 크리스마스 시즌에는 행복을 감지하는 기관이 평소보다 예민해지는 게 틀림없었다. 바닥으로부터 몸이 한 뼘쯤 붕 뜬 듯한 기분으로 길을 걷던 중 불현듯 차가운 기운이 볼 위로 톡 닿았다. 신혜와 내가 얼굴을 마주 보며 설마 하는 찰나, 우리 옆을 지나가던 더블리너가 들뜬 목소리로 인사를 건넸다.

"Hey, It's snow!"

고요한 밤,
소란한 밤

크리스마스를 앞두고 때아닌 연기 혼이 매일 저녁 불타올랐다.
이게 다 연극 때문이다.

마을 소식과 행사, 이런저런 알림 사항이 적힌 통신문을 읽던 중
나는 깊은 당혹감에 빠졌다. 내일 저녁 크리스마스 연극 준비를 위한
모임이 있을 것이라는 안내와 함께 남겨진 배역 리스트에 내 이름이
보란 듯이 올라와 있는 게 아닌가. 재차 읽어본들 그것은 틀림없는 내
이름이었다. 더구나 주어진 배역은 예수의 어머니 마리아. 행인1이나
가만히 서 있는 나무2라면 모를까 마리아는 내게 벅찬 배역이었다.
이 사태를 누구에게 따지면 좋을지 생각하는 와중에도 나는 요셉의
배역이 누구인지 확인하기 위해 리스트를 재빨리 훑기 시작했다.
다행히 토마스였다. 아마도 코워커와 빌리저의 아름다운 화합을
염두에 둔 그림이리라.

아기 예수의 탄생을 테마로 한 연극 연습은 매일 저녁마다

이루어졌다. 덕분에 지난 며칠 동안 내 입에선 '고요한 밤 거룩한 밤'의 멜로디가 끊이지 않고 흘러나왔다. 마리아와 요셉, 그러니까 나와 토마스가 함께 손을 잡고 걸으며 부르는 이 노래가 극의 후반부를 장식할 예정이었다.

연극을 진두지휘한 사람은 하우스패런츠 존이었다. 몬그랜지에서 열리는 대부분의 페스티벌과 이벤트는 예술에 조예가 깊은 그의 손길을 거쳤다. 설립자인 크리스토프를 제외하면 마을에서 존만큼 캠프힐의 정신을 깊이 이해하고 실천하는 이가 또 있을까. 번거롭고 귀찮지만 누군가는 나서서 책임져야 하는 일의 한가운데 늘 존이 있었다. 일흔에 가까운 나이의 그가 한쪽 발만으로 자전거 페달을 딛고 서는 모습을 볼 때마다 나는 그야말로 '진짜' 어른이 아닐까 생각했다. 연륜이 빚어낸 노련함과 여유, 그리고 단호한 눈빛을 가진 늠름한 어른을 나는 지금껏 만나본 적이 없다.

존의 부드러운 카리스마는 연극 연습 중에도 어김없이 빛을 발했다. 그는 '고요한 밤 거룩한 밤'의 고음 부분에서 맥없이 흔들리는 내 목소리를 예의 주시하더니 기어코 직접 시범을 보여주었다. 아니, 언제부터 캐럴이 이렇게 어려운 노래였던가. 허밍으로 따라 부를 때는 체감하지 못했던 고음 파트는 히말라야 빙벽만큼이나 가파른 경사로 음정이 올라갔다. 자칫 첫발을 잘못 디뎠다가는 삑 쇳소리가 날 게 뻔했다. 더불어 토마스와의 화음도

신경 써야 했다. 각자의 목소리에 심취해 부르다 보면 어느새 돌림노래가 되어 둘 중 한 명은 먼저 노래를 마친 채 뻘쭘함을 무릅써야 했다.

"천천히 천천히. 토마스의 속도에 맞춰서 불러보면 어떨까?"

존이 내게 타이르듯 말했다. 지적을 받을 때마다 쪼그라든 가슴을 움켜쥐며 태연하게 오케이라고 말했지만 아마 눈동자는 격하게 흔들리고 있었을 터다.

연습이 끝나 갈 무렵 존과 코워커 안드레아 사이에 작은 논쟁이 벌어졌다. 다음번 연습 일정을 조율하던 중 이견이 발생한 것이다. 한발 양보해 주길 바라는 존의 요청에 안드레아는 "노"라는 대답과 함께 자신의 입장을 고수했다. 그렇게 둘 사이에 몇 번의 엇비슷한 대화가 반복됐다. '뭐 저런 싸가지가 있을까.' 뒤에서 둘의 대립을 지켜보며 나는 속으로 생각했다. 어지간하면 존의 말을 들어줄 법도 한데. 나이 어린 안드레아의 당돌한 말투가 별안간 불편해졌다.

그런 기분을 느낀 건 오늘이 처음은 아니었다. 특히 소피아와 대화할 때 그랬다. 소피아의 말속에는 늘 '왜'라는 질문이 등장했다. 사람들의 결정과 행동을 따져 묻는 것이 아니라 진심으로 그 이유를 궁금해하는 것만은 분명했다. 그녀의 해사한 표정과 토끼 같은 눈동자가 그것을 말해 주었다. 누군가의 권위에 억눌리거나 굴복한 적 없는 당당함이었다. 나는 소피아의 건강한 태도에 놀라면서도 한편으론 그녀의 거침없는 질문을 자주 성가시게 여겼다. 때로는 멋모르는 10대의 철없음으로 여긴 적도 있다. 물론 어느 누구에게도 나의 치졸한 속마음을 드러낸 적은 없었다.

나야말로 꼰대가 된 것일까.

존과 안드레아의 언쟁은 공정했다. 두 사람은 연극 일정을 두고 서로의 입장을 피력하고 있을 뿐이었다. 그런 와중에 빈정이 상한 사람은 뜬금없게도 제3자인 나였다. 상대적으로 어린 안드레아가 윗사람인 존의 시선을 피하지 않으며 자신의 의견을 내세울 때 나는 그가 보다 완곡하게 말했어야 한다고, 존의 의견을 가급적 수용해야 한다고 내심 생각했다.

하지만 그는 나와 선명하게 다른 태도를 취했고 그 모습을 지켜본 나는 마치 제 발 저린 도둑처럼 버럭 화를 내고 말았다. 당당한 태도와 예의 없음을 혼동한 나의 어리석음이 엉뚱한 방향으로 튀고 만 것이다. 그토록 경계했던 권위주의에 나야말로 완전히 젖어 있었다. 안드레아보다 몇 살 더 먹은 내가 그를 못마땅해한 것과 달리, 존이 안드레아를 건방진 아이로 폄하했을 리 만무했다. 적어도 그는 나이를 벼슬로 삼지 않는 진짜 어른이었으니까.

연극의 막이 내리고 크리스마스가 찾아왔다. 모든 것이 무사했다. 나와 토마스의 화음도, 하얀 천 보자기를 뒤집어쓴 천사들의 합창도, 과장된 연극 톤이 너무 우스꽝스럽지 않느냐며

툴툴대던 조의 가브리엘 연기도, 그리고 마침내 아기 예수도 별 탈 없이 태어났다.

3명의 동방박사가 무대에 등장하던 순간에는 코끝이 아려왔다. 일본에서 온 카주, 스코틀랜드에서 온 케빈, 가나에서 온 세스. 피부색도 언어도 문화도 다른 완벽한 이방인 세 사람이 아기 예수를 만나기 위해 몬그랜지의 강당으로 걸어 들어오는 장면은 다 함께 '위 아 더 월드'라도 불러야 하지 않을까 싶을 만큼 평화로운 기운으로 가득했다.

이 자리에 있는 모두에게 빠짐없이 크리스마스의 기쁨이 찾아오길. 더불어 나의 어리석음이 부디 내년에는 조금 더 나아지길.

세상에서 가장 평온하고
따뜻한 감옥

12월의 마지막 주는 정신없이 흘러갔다. 책상 앞에 차분히 앉아 올해의 베스트와 워스트를 꼽고, 내년의 나에게 성실할 것을 약속하는 시간조차 갖지 못했다. 소란했던 크리스마스 행사가 끝나자마자 빌리저들과 함께 벨파스트로 홀리데이를 떠났다.

일주일간의 휴가를 누구와 짝을 맞춰 보내느냐는 꽤 민감한 문제여서 명단이 나오기 전까지 설렘과 긴장 속에서 며칠을 보냈다. 혹여 어색한 관계의 코워커와 한 팀이 된다면 휴가는 인내심 테스트를 위한 시간으로 돌변할 게 분명하기 때문이다. 여행지에서 상대의 컨디션과 감정을 일일이 신경 써야 하는 것만큼 피곤한 일도 없다.

다행히 멤버 구성은 만족스러웠다. 베이커리에서 반년간 호흡을 맞춘 글라디스, 이유 없이 마음이 가는 카주와는 허물없이 지내는 사이라 마음이 놓였다. 함께 사는 빌리저들과 팀 배정이 된 덕분에 각자의 식구들만 잘 챙긴다면 별 탈 없이 일정을 마무리할 수 있을 듯했다. 물론 생각지도 못한 크고 작은 사건들이 우리를 가만히 내버려둘 리 없겠지만.

벨파스트 퀸스 대학교 근처의 호텔에 짐을 풀자마자 곧장 우리는 영화관으로 이동했다. 카주가 예매한 영화는 이안 감독의 〈라이프 오브 파이〉였다. 그의 전작들을 모두 인상 깊게 본 터라 몹시 기대가 컸는데 역시나 결말부에 이르는 반전은 상상 밖이었다. 내 양옆에 앉은 빌리저들이 철학적 물음을 던지는 이 영화를 어떻게 받아들였을지 궁금해졌다. 초반부의 동물원 장면과 호랑이 리처드 파커의 활약을 제외하면 딱히 흥미를 느낄 지점이 없어 보였다. 하지만 모를 일이다. 내가 감지하지 못한 어떤 감정을 그들이 포착했을지도.

일요일마다 성당에서 미사를 갖는 빌리저들을 바라보며 비슷한 의문을 가진 적이 있다.

"빌리저들이 예수의 존재와 종교의 의미를 이해할 수 있나요?"

존의 대답은 간단했다. 그들은 믿음을 그 자체로 받아들일 뿐 해석하지 않는다는 것. 의심 많은 나라는 존재는 결코 가늠할 수 없는 순수함이다.

얼스터 박물관의 전시실에서도 나는 다시 한번 그 순도 높은 순수함을 확인할 수 있었다. 거대한 공룡 모형이 전시된 층에 들어선

안나가 내 팔을 잡아끌며 좀처럼 움직이지 않으려 한 것이다. 의아한 나는 그녀 주변을 천천히 살펴본 끝에 문제의 원인을 알아차렸다. 매서운 눈으로 우리를 뚫어지게 쳐다보고 있는 공룡들 때문이었다. 결국 입장한 지 30분도 채 지나지 않아 밖으로 나와야 했지만 우리 중 누구도 크게 아쉬워하는 사람은 없었다.

벨파스트 구석구석을 둘러보면 좋으련만 빌리저들과의 여행은 제약이 많았다. 평소 운동량이 많지 않으니 한두 시간 걷는 것부터 난관이었다. 더구나 도시에는 공룡의 존재처럼 예상하지 못한 변수가 가득했다. 마을 안에서는 마주칠 일 없는 뜻밖의 장애물과 번번이 맞닥뜨렸다. 하물며 엘리베이터와 에스컬레이터마저 당혹스러운 존재였다. 하루는 인파에 떠밀려 엘리베이터를 타지 못한 에단이 무리에서 떨어져 나갔다. 뒤늦게 그 사실을 알아챈 글라디스와 카주가 혼비백산한 표정으로 대형 쇼핑몰을 뛰어다니던 모습을 아직도 잊을 수 없다. 에스컬레이터에 익숙하지 않은 안나가 발 디딜 타이밍을 놓쳐 앞으로 고꾸라진 순간에도 가슴이 덜컹 내려앉았다.

도시인들의 바쁜 걸음은 또 어떠한가. 이들의 속도에 맞춰 길을 걸으려면 평소보다 훨씬 많은 에너지를 소모하고 주의를 기울여야 했다. 물론 벨파스트의 어느 장소를 가든 장애인을 위한 시설이 잘 갖춰져 있음은 말할 것도 없었다. 전용 화장실, 낮은 문턱, 안전한 보행로 등 역시 유럽은 다르구나 싶었다. 하지만 에스컬레이터에서 넘어진 안나를 향해 손을 내민 사람은 어디에도 없었다. 예상 밖의 반응에 나는 적잖이 당황했다. 얼마간의 실망과 씁쓸함이 밀려왔지만 비난의 화살은 비단 그들만의 몫이 아니었다.

가끔 생각해 본다. 어쩌면 몬그랜지야말로 세상에서 가장 평온하고 따뜻한 감옥이 아닐까.

몬그랜지 안에서 빌리저들은 생존권을 보장받았다. 정부의 장애인 지원금, 자체 펀딩을 통한 기부금 덕택에 빌리저들은 의식주를 걱정할 필요가 없다. 가톨릭을 바탕으로 하고 있지만 종교의 자유가 있고, 크고 작은 공연과 페스티벌이 계절마다 수시로 열린다. 8시간 미만의 노동을 하고 하루 두 번의 티타임은 무슨 일이 있어도 지킨다. 날씨가 좋다면 언제든 산책에 나설 수 있다. 몬그랜지의 세계는 이토록 안온하다.

하지만 그 세계 밖에서 빌리저들은 한없이 무력하다. 엄마를 잃은 꼬마 아이와 다를 바 없다. 헬렌은 동전 뭉텅이를 카운터 직원에게 쏟아부을 줄만 알 뿐 1파운드와 10파운드를 구분하지 못했다. 수년간 몬그랜지와 킬킬 사이를 오갔지만 상당수의 빌리저들은 스스로 집을 찾아올 수 없을 것이다. 친구이자 보호자, 관리자 역할을 전담하는 코워커와 하우스패런츠가 있는 울타리 안에서만 빌리저들은 자유로웠다.

괜한 노파심일지도 모른다. 가족의 손에 이끌려, 혹은 제 발로

몬그랜지라는 기관에 위탁된 순간, 그것은 곧 새로운 세상으로의 진입을 의미했다. 캠프힐의 규칙과 방식에 따라 움직이는 이곳은 빌리저들에게 유일무이한 세상이다. 그러므로 헬렌이 1파운드와 10파운드를 구분할 줄 모르는 건 아무런 문제가 되지 않는다. 그건 내가 속한 세상, 몬그랜지 밖의 일이다. 더군다나 빌리저들 스스로 몬그랜지 밖을 나오는 일은 앞으로도 결코 없을 것이다.

가끔 생각해 본다. 몬그랜지가 세상의 전부인 줄 알고 살아가는 것이 온전히 저들을 위한 일일까. 이 주제를 두고 코워커들과 대화를 나눈 적이 있지만 어느 누구도 쉽게 답을 내놓지 못했다. 국가와 사회, 마을, 이웃, 심지어 가족마저도 몬그랜지만큼 저들의 삶을 보듬을 수 있을까. 빌리저들의 평온한 세계가 붕괴되지 않도록 돕는 편이 어쩌면 우리가 선택할 수 있는 최선일지도 모르겠다.

나는
장거리 주자입니다

Episode 25. 　　　　파리로 떠난
　　　　　　　　　　음악 여행

　　　몬그랜지가 제아무리 느슨한 일상을 보장한들 여행의
자유로움에 비할 수는 없다. 파리에 도착한 지 하루 만에 나는 일상의
리듬을 완전히 상실하고 말았다. 기상 시간은 한없이 늘어졌고 때에
맞춰 식사를 하는 대신 허기질 때마다 조금씩 음식을 챙겨 먹었다.
원하는 시간에 눈을 뜨고 밥을 먹는 사소한 일탈만으로도 나는 마치
대단한 자유를 쟁취한 것만 같은 기분에 빠졌다.

　　　몽마르트르 언덕에 자리한 300년 된 건물의 집은 이루 말할
수 없이 불편했다. 양변기 위에 샤워 꼭지가 달려 있는 바람에
엉거주춤한 자세로 몸을 씻어야 했고, 이웃의 물 내리는 소리가
고스란히 전해질 만큼 방음이 열악한 건 두말할 나위 없었다. 하지만
이 모든 불편함이 바로 파리의 자부심이었다. 수백 년의 세월이
켜켜이 쌓인 공간에서 거주하는 영광은 그만한 대가를 치러야만
했다. 아침은 숙소 앞 블랑제리에서 가볍게 해결했다. 프랑스 최고의

바게트를 뽑는 대회에서 그랑프리를 거머쥔 곳이다. 커피와 함께 초콜릿이 콕콕 박힌 팽오쇼콜라를 먹고 싶었지만, 어쩐지 주인을 모욕하는 일인 것 같아 1등을 차지한 바게트를 골라 들었다. 바삭한 겉면을 한입 베어 물자 쫄깃한 속살이 결을 따라 찢어졌다.

아, 이제야 제대로 파리에 온 기분이다.

하루의 시작은 샤틀레 역에서 이루어졌다. 이것은 나의 지난 시간을 추억하는 일종의 의식이었다. 스물네 살에 떠났던 생애 첫 배낭여행에서 나는 31일을 파리에서 보냈다. 한국인 유학생이 살던 3존의 저렴한 아파트 방 하나를 빌린 뒤 메트로 에흐에흐 A RER A 선을 타고 파리의 중심지로 매일 출근 도장을 찍었는데, 그때 내렸던 역이 바로 샤틀레였다. 이곳을 기점으로 동쪽의 마레 지구와 생폴, 바스티유를 걷거나 퐁뇌프 다리를 건너 오데옹, 생제르맹데프레, 뤽상부르 공원까지 동서남북으로 바람처럼 흘러 다녔다.

피곤에 전 몸으로 숙소에 돌아오면 지도를 꺼내 그날 걸은 골목과 도로를 형광펜으로 꼼꼼히 색칠했다. 구글맵은커녕 스마트폰도 없던 시절의 이야기다. 방향치인 나는 종이 지도를 좌우로 돌려가며 거리명과 동서남북을 맞추느라 늘 진땀을 뺐다. 매번 길을 잃기 일쑤였지만 덕분에 새로운 목적지에 닿게 되는 뜻밖의 기쁨을 누린 적도 많았다.

지난여름 생미셸에서 발견한 시네마 생앙드레 데 아츠

CINEMA SAINT-ANDRE DES ARTS 역시 그렇다. 자포자기 상태로 골목을 헤매다 우연히 마주친 이곳은 상영 중인 영화가 단 두 편뿐인 작은 극장이었다. 그중 하나는 오스카를 휩쓸었던 흑백 무성영화 〈아티스트〉. 때마침 비가 내리기 시작한 참이었고 우산이 없던 나는 잠시 몸을 피할 겸 영화 티켓을 끊었다.

그러고 보면 여행지에서 영화를 보는 것만큼 호사스러운 일정이 있을까. 당장 눈앞에 펼쳐진 이국의 풍광을 뒤로한 채 한정된 시간의 일부를 스크린 너머의 세계에 바치는 것이 쉬운 결정은 아니다. 반면 일상의 연장선과 같은 이 친근한 행위에 묘한 쾌감을 느끼는 나와 같은 부류도 분명 있을 터다.

극장 안으로 들어선 나는 짧은 탄성을 질렀다. 스크린 앞으로 늠름하게 드리운 붉은 커튼이 시선을 사로잡았다. 열댓 명 안팎의 관객들은 서로 멀찍이 떨어져 앉아 있었다. 텅 빈 열의 한가운데 나는 자리를 잡았다. 암전이 되고 사람들의 웅성거림이 잦아들자 굳게 닫혀 있던 커튼이 양옆으로 서서히 젖혀졌다. 우아한 시작이었다. 영화는 곧장 본론으로 들어갔다. 각종 광고와 비상구 위치 안내 방송은 없었다. 이토록 매력적인 극장을 언제 다시 와볼 수 있을까. 엔딩 크레딧이 오르기도 전에 나는 벌써부터 아쉬웠다.

하지만 웬걸. 불과 1년도 채 지나지 않아 나는 파리의 극장에 다시 돌아왔고, 프랑스 영화 〈아무르〉를 태연히 관람하고 있다. 영어

자막이 있는 게 천만다행이었다.

숙소로 돌아가는 길. 해가 완전히 저물자 가늘게 떨어지던
빗방울이 거짓말처럼 눈으로 바뀌었다. 관광객이 썰물처럼 빠져나간
몽마르트르 언덕의 밤은 적막했다. 눈이 흩날리는 몽마르트르
언덕이라니. 나는 홀연히 감상에 젖어 그 자리에 멈춰 서고 말았다.
하염없이 기다리다 보면 영화 〈미드나잇 인 파리〉의 한 장면처럼
누군가 나를 올드카에 싣고서 과거로 데려갈 것만 같았다.

스콧 피츠제럴드, 헤밍웨이, 달리, 피카소……. 파리에
머물렀던 수많은 아티스트 가운데 내가 가장 만나고 싶은 이는 화가
모딜리아니였다. 3년 전 나는 파리 페르라셰즈 묘지에 안장된 그의
무덤을 찾아가 나뭇조각 목걸이를 놓아두었다. 행운을 기원하는 그
목걸이는 터키 이스탄불에서 구입한 것이었다. 시집, 담배, 장미,
편지 등 그를 기억하는 이들의 흔적이 무덤 근처에 남아 있었다.
비극적인 삶을 살았던 모딜리아니와 그의 동반자 잔을 향한 소박한
애도였다.

이미 두 차례나 다녀온 파리를 다시 찾은 진짜 목적은
아이슬란드 밴드 시우르 로스의 콘서트를 보기 위해서였다. 좋아하는
뮤지션의 공연을 보기 위해 파리에 간다고 생각하자 흐뭇한 미소와
함께 괜히 어깨에 힘이 들어갔다. 귀여운 우쭐함이랄까. 유럽의

나라들을 이웃 도시처럼 넘나드는 EU 소속 시민들에겐 별일
아니겠지만 내겐 평생을 간직할 특별한 추억감이었다. 마침 캐나다
싱어송라이터 론 섹스스미스의 클럽 공연도 비슷한 시기에 잡혀
있기에 고민 없이 항공권을 구입했다. 이쯤 되면 이번 여행을 파리
음악 기행이라 이름 붙여도 좋을 듯하다.

공연이 열리는 르 제니스는 19구에 위치한 라 빌레트 공원
안에 있었다. 유럽 최대의 소 도축장이 있던 자리가 1979년 미래형
복합문화공원으로 탈바꿈한 곳이라는데, 이미 날이 어두워져
그 모습을 제대로 확인할 수는 없었다. 6천여 석의 공연장은
사람들로 가득 차 있었다. 다들 짝을 지어 온 것 같은 분위기에 순간
의기소침했지만, 시우르 로스의 음악이라면 혼자서도 충분히 즐길 수
있을 것 같아 이내 마음이 풀렸다. 본 공연에 앞서 게스트의 무대가
15분간 진행되는 사이 사람들은 체력을 보충하려는 듯 핫도그와
팝콘을 부지런히 입안에 넣었다.

자신의 처지를 대변하는 노래가 저마다의 마음속에 하나씩
존재하듯 내겐 시우르 로스의 음악이 보다 각별했다. 여행을 떠날
때마다 나는 그들의 음악과 함께 국경을 넘고 길을 걸었다. 시리아로
향하던 터키의 심야 버스에서, 유독 낯설었던 도미토리의 2층
침대 위에서, 여정이 끝난 뒤 집으로 돌아가는 비행기 안에서 나는
욘시의 목소리에 기대어 잠이 들었다. 해독할 수 없는 노랫말에 귀를

기울이다 보면 혼자라는 지독한 외로움이 조금은 누그러졌다. 이어폰 너머로 들어왔던 위로의 멜로디를 현장에서 라이브로 듣다니 좀처럼 믿기지 않았다.

LED 스크린을 수놓은 오로라가 일렁이면서 밴드 멤버들이 마침내 모습을 드러냈다. 낮은 탄성과 박수가 사방에서 터져나왔다. 그리고 이어지는 침묵. 미지의 존재들을 향해 속삭이는 것 같은 아득한 목소리가 관중석으로 흩어졌다. 파르르 떨리는 소리의 음표들은 공중을 떠돌다 피부를 살포시 건드렸다.

공연이 최고조에 이르러 '호피폴라Hoppípolla'의 연주가 시작되자 나는 기어이 눈물이 터지고 말았다. 무어라 설명하기 어려운 감정과 함께 나의 모든 '처음의 순간'들이 떠올랐다. 스무 살의 첫 독립, 국경을 넘던 첫 발걸음, 첫 번째 취업과 퇴사 그리고 몬그랜지에서의 첫 아침…… 무엇이 두려운지 설레는지도 모른 채 무작정 몸으로 부딪혔던 나날들.

응, 수고했어.

그렇게 말하며 과거의 나를 쓰다듬어 주고 싶었다.

파리에서 더블린으로 그리고 뉴리를 거쳐 몬그랜지로 돌아가는 길은 꼬박 하루가 걸렸다. 시우르 로스의 음악이라도 들을 수 있다면 좋으련만 아쉽게도 이어폰을 챙겨 오지 않았다. 안내 방송이 나오지

PART 3. 나는 장거리 주자입니다

않는 몬그랜지행 버스의 창문에서 나는 한시도 눈을 떼지 못했다. 잠깐 한눈을 팔았다간 소리 소문 없이 정류장을 지나치게 된다. 오른편으로 고딕 양식의 뾰족한 첨탑이 보이기 시작했다. 교회를 지나면 바로 몬그랜지였다.

"집이다!"

나도 모르게 몬그랜지를 바라보며 집을 외쳤다. 버스에서 내려 마을 입구로 향하는 길. 저 멀리 누군가가 두 손을 높이 든 채 흔들기 시작했다. 밭에서 일하고 있던 코워커 세스였다. 손을 뻗어 인사에 기꺼이 응답했다.

나를 반겨주는 이들이 있는 집으로 무사히 여행을 마치고 돌아왔다.

어느 일요일 오후의
앙갚음

따뜻한 날씨를 좇아 남쪽으로 둥지를 옮기는 철새들처럼 카인과 조는 매번 스페인과 포르투갈로 휴가를 다녀왔다. 올해 겨울 역시 카인 부부는 아이들과 함께 3주간 포르투갈로 떠났다. 어째서 매번 같은 곳을 가는지 의아했지만, 이 섬에서 반년쯤 살아보니 두 사람의 선택을 기꺼이 존중하게 됐다. 뙤약볕이라는 단어가 존재할까 싶을 만큼 햇빛이 귀한 북아일랜드에서 우울과 어깨동무를 하고 싶지 않다면 직접 태양을 찾아 떠나는 수밖에.

카인과 조가 집을 비운 지 반나절 만에 나는 집 안의 기류가 미세하게 달라졌음을 감지했다. 소파에 기대앉은 토마스의 허리 각도가 이전보다 조금 더 둔각으로 벌어졌고, 빈틈없던 헬렌은 주방 청소를 빠뜨렸다. 하우스패런츠의 부재는 긴장의 끈을 풀어도 좋다는 의미였다. 코워커와 빌리저 역시 서로의 게으름을 기꺼이 눈감아 줄 준비가 되어 있었다.

빌리저와 하우스패런츠의 관계는 복잡 미묘하다. 오랜 친구처럼 돈독한 사이지만 대부분은 빌리저 쪽이 보다 조심스럽다. 자신의 안위가 하우스패런츠에게 달려 있다고 여기는 듯한 자세다. 그런 생각이 들 수밖에 없는 게 빌리저의 스케줄, 건강, 휴가, 외출, 식단 등 생활 전반이 하우스패런츠에 의해 조율되기 때문이다. 사회성이 높은 빌리저일수록 그들과의 관계를 신경 썼다. 관심을 얻기 위해 사소한 거짓말을 일삼거나 질투하는 일은 비일비재하다. 무리 안에서 자신의 위치를 설정하고 처세하는 것은 인간의 어쩔 수 없는 본능인 것일까.

크리스틴은 평소보다 더욱 호전적인 태도를 보였다. 카인이 휴가를 떠났다는 사실을 알아차린 이후 끼니마다 식탁에서 심술을 부렸다. 내가 음식 서빙을 준비하는 잠깐 사이 포크를 쥔 손으로 안나에게 시비를 걸던 그녀는 기어코 꽥 소리를 질러댔다. 그때마다 내가 취할 수 있는 조치라고는 단호한 목소리로 주의를 주는 정도였다.

하지만 그 효과도 잠시뿐 그녀는 공격적인 태도를 연거푸 반복했다. 나는 최후의 수단으로 그녀의 자리를 사람들과 떨어진 테이블의 가장 안쪽으로 옮겼다. 이것은 크리스틴이 예의 없는 태도를 보일 때마다 카인이 취하는 방식이었다. 예상대로 그녀의 저항은 컸다. 얼굴을 향해 퉤 하고 침 뱉는 시늉을 하고 마침내는 가운뎃손가락을 세워 보이며 위세를 과시했다.

자제력을 잃은 나는 크리스틴 앞에 놓인 접시를 낚아채며
천장을 가리켰다.

"오늘 식사는 방에서 할 거예요."

휴가를 떠나기 전 카인은 만일의 상황을 대비해 내게 몇 가지
조언을 남겼다. 혹여 크리스틴이 날카로운 행동을 보이면 그녀를
방에 혼자 내버려두라는 것이었다. 동요하는 내 눈빛을 읽었는지
카인은 죄책감을 가질 필요 없다는 말을 덧붙였다. 그녀가 차분히
가라앉을 수 있도록 시간을 주는 게 오히려 도움이 될 것이란다.

뒤도 돌아보지 않고 2층으로 올라간 나는 그녀의 방 테이블에
음식이 담긴 접시를 놓아두었다. 다시 부엌으로 내려가 물잔을
챙기는 내 등을 향해 크리스틴이 애원하듯 이름을 불렀다. 절대
올라가지 않겠다는 듯 그녀는 의자 바닥을 두 손으로 꽉 부여잡고
있었다. 토마스가 곁눈질로 우리 둘을 번갈아 바라보는 동안 헬렌과
안나는 의연하게 식사를 이어갔다. 대꾸도 없이 내가 돌아서자
크리스틴은 마지못해 나를 따라 계단으로 올라섰다. 그녀가 간절히
내미는 손길에 붙잡히지 않으려고 나는 성큼성큼 빠르게 계단을
디뎠다. 나의 얄팍한 앙갚음이었다.

크리스틴이 자신의 공간에서 혼자 식사를 하는 것으로 소동은
일단락됐지만 마음이 편할 리 없었다. 차라리 건조한 얼굴로
대응했다면 그녀를 더욱 자극하는 일도 없었을 텐데. 후회가

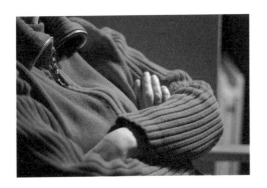

밀려들었다. 예민한 크리스틴의 곁에는 카스텔라처럼 보드랍고
유연한 코워커가 필요하지 않을까. 그런 면에서 나는 낙제점이었다.
상대의 불안에 고개를 끄덕여주기보다 그 불안에 물들까 봐 두려워
더욱 높은 벽을 쌓는 내 모습을 확인할 때마다 자괴감에 빠졌다.
크리스틴은 내게 리트머스 종이와도 같았다. 내 안의 위선과
비겁함을 외면할 때마다 그녀는 나를 시험대 위에 올려놓았다.

　　별다른 일정이 없던 일요일 오후는 지루하게 흘러갔다.
스토어의 카페에서 다 함께 티타임을 가진 이후 나는 방 밖으로 한
발짝도 움직이지 않았다. 크리스틴의 방문을 노크한 건 저녁 식사
준비를 위해 주방으로 내려가던 길이었다. 반쯤 열린 문 너머의 방은
조명 하나 없이 캄캄하게 물들어 있었다. 팔짱을 끼고 소파에 깊숙이
기대앉아 있던 그녀가 내 쪽으로 시선을 옮겼다.

　　"소옹, 아이 라이크 유."

　　피식 웃음이 터졌다. 언제 언성을 높였냐는 듯 눈이
마주치자마자 애정 고백부터 하는 크리스틴. 우리가 서로 친구임을
재차 확인하다가도 차진 욕을 뱉는 그녀의 진심이 무엇인지 캐내려는
시도는 부질없어 보였다. 때때로 진심은 전하는 자만의 몫이 아니라
받는 이의 몫이기도 하니까.

아침
동안의
게으름

새벽부터 시작된 눈이 지붕과 자전거 안장, 빨랫대 위로 소복이 쌓였다. 눈을 뜨자마자 나는 세수도 하지 않은 채 뒤뜰로 달려 나갔다. 순백의 캔버스 위에 가장 먼저 발 도장을 찍고 싶은 순진한 마음이라니. 손에 쥔 눈 뭉치가 해변의 모래알처럼 반짝였다.

갑작스러운 폭설에 마을에는 비상이 걸렸다. 워크숍을 열 수 있을지 의논 중이니 결정을 기다려달라는 전갈이 도착했다. 백 년 만의 대폭설에 처한 것마냥 심각해진 마을 분위기가 어쩐지 귀엽다. 내가 자란 울산은 눈이 귀한 도시였다. 손가락 깊이만큼 눈이 쌓인 어느 겨울에는 꼬박 1시간을 걸어 등교한 적도 있다. 발을 동동 구르는 어른들이야 어찌 됐든 나와 친구들은 수업을 하지 않는다는 사실에 마냥 들떠 눈 덮인 운동장을 몇 번이고 걸었더랬다.

빠른 제설 작업 덕분에 워크숍은 평소처럼 진행된다는 전화가 걸려왔다. 쉰다고 달리 할 일이 있는 건 아니지만, 이미 소파 위로 한껏 늘어진 몸을 다시 일으켜 세우기가 못내 아쉬운 건 나만의 생각일까.

Episode 27.   **달라서 아름다운**
                            사람들

크리스토프의 여든 살 생일을 축하하기 위해 마을 사람들이
그의 집 앞으로 모였다. 손마다 그에게 건넬 장미꽃이 한 송이씩 들려
있었다. 주인공 크리스토프가 모습을 보이자 여기저기서 환호성이
쏟아졌다. 몬그랜지의 설립자인 그를 향해 누구 하나 빠짐없이
존경의 박수를 보냈다.

1900년대 중반 (그리고 어떤 의미에서는 여전히) 장애인은
숨겨진 존재였다. 이들의 삶의 반경은 집과 자신의 정원 주변, 혹은
병실에 한정되어 있었다. 방 한 칸 크기에 불과한 이들의 세계가 보다
넓어지길 꿈꾸며 시작된 것이 바로 캠프힐이다.

유난히 키가 작은 사람과 유난히 키가 큰 사람, 혼자 있을 때
더욱 편안한 사람, 말이 없는 사람, 나이를 먹을수록 어린아이처럼
천진한 사람, 영원히 나이 들지 않는 사람. 서로의 다름을 기꺼이
끌어안은 사람들이 캠프힐로 모여들었다.

크리스토프를 처음 만난 건 스토어에서였다. 머리카락이 하얗게 샌 키 작은 노인이 안으로 들어서자 스토어의 모든 사람들이 하던 일을 멈추고 반갑게 그를 맞았다. 영문을 모르던 나는 그가 몬그랜지를 세운 장본인이라는 소개를 듣고서 뒤늦게 놀라 그만 말까지 더듬고 말았다. 풍문처럼 들어온 역사 속 인물을 눈앞에서 목격한 느낌이랄까. 새로 온 코워커인 내게 다정히 인사를 건네던 크리스토프는 보통의 소탈한 할아버지와 다름없었다.

그를 만날 수 있는 기회는 많지 않았다. 건강이 좋지 않은 그는 대체로 집에 머물러 있었고, 아주 가끔 아내인 안나마리와 함께 스토어에 들러 필요한 물건을 사 갔다. 하루는 니콜과 함께 크리스토프의 집으로 물건을 배달할 기회가 있었다. 멀리서 지켜만 보던 그의 사적인 공간에 발을 디딘다는 사실에 가슴이 설레었다. 실내는 놀랄 만큼 빛으로 가득 차 있었다. 그날의 화사한 날씨 탓이었는지 아니면 그가 뿜어내는 아우라 때문이었는지는 여전히 알 수 없다.

라디에이터가 고장 난 바람에 저녁이 되자 집 전체가 냉동실처럼 꽝꽝 얼어붙었다. 커다란 2층 주택의 유일한 온기라고는 거실의 벽난로뿐이라 9명의 식구들이 자연스레 그 앞으로 모여 앉았다. 이런저런 대화가 오가던 중 지금보다 시설이 열악했을

몬그랜지의 옛 시절에 대한 이야기가 나왔다. 수십 년 전의 풍경을 들려준 것은 뜻밖에도 토마스였다. 그는 크리스토프와 함께 몬그랜지의 토대를 닦은 멤버 중 한 명이었다.

"몹시 추웠지, 몹시."

읊조리는 듯한 말투로 토마스가 띄엄띄엄 말을 이었다.

"작은 집에 다 같이 모여 모닥불을 쬐어야 했어."

그날의 상황을 재현하듯 양팔로 몸을 감싸 안는 토마스를 바라보며 나는 벅찬 감동에 휩싸였다. 맞아, 그렇지.

지금의 캠프힐이 어느 날 갑자기 짠 하고 생겨났을 리 만무했다. 한 채의 집과 난롯불에서 하나의 마을을 이루기까지 지난했던 시간을 생각하면 나는 함부로 부러움의 시선을 던질 수 없었다. 이곳에서 느낀 모든 평화와 아름다움, 안온함은 치열한 투쟁 끝에 얻어진 것이었다. 여성의 투표권조차 간신히 쟁취했던 시대에 장애인 공동체가 결코 환영받지 못한 존재였음을 짐작하기란 어렵지 않았다.

크리스토프의 생일이 있고 얼마 지나지 않아 캔들마스 Candlemas가 찾아왔다. 끝나지 않을 것 같았던 크리스마스 무드가 드디어 종료되는 시점이었다. 소와 양을 키우는 축사 앞으로 사람들이 한데 모였다. 가톨릭에서 비롯된 캔들마스가 문화적으로 어떤 의미를 갖는지 온전히 이해하지 못한 나는 그저 어리둥절한 얼굴로 행사를 관망했다.

PART 3. 나는 장거리 주자입니다

가든의 책임자 다니엘이 얕게 패어 있던 땅속에 양초 하나를 반듯이 세웠다. 불을 밝힌 그가 낮은 목소리로 노래를 시작하자 하나둘 사람들의 목소리가 덧입혀지기 시작했다. 일용한 양식을 기꺼이 내어준 땅에게 감사의 마음을, 어김없이 찾아올 봄에게 반가움의 인사를 건네는 노래였다. 사람들의 합창은 자리를 옮겨 채소밭과 허브가 자라는 작은 화원에서도 계속됐다. 캔들마스는 밭과 과수원, 축사를 순례하며 초를 켜고 다가오는 봄을 축복하는 날이었던 것이다.

　　눈을 껌뻑이는 소들을 향해 노래를 불러주는 사랑스러운 사람들이라니. 이따금씩 그들이 보여주는 이런 작은 마음이 나를 행복하게 만들었다. 노래가 끝난 뒤 하우스패런츠 대니가 스피치를 위해 한 발짝 앞으로 나왔다.

　　"All the difference are here."

　　저마다 다른 이들이 지금 이곳에 함께 있다는 말. 그 자명한 사실이 새삼스러워 나는 홀로 감격에 겨웠다. 지금처럼 엉터리인 채로 살아도 얼마든지 괜찮다는 것을 확인받은 기분이었다.

　　유난히 키가 작은 사람과 유난히 키가 큰 사람, 혼자 있을 때 더욱 편안한 사람, 말이 없는 사람, 나이를 먹을수록 어린아이처럼 천진한 사람, 영원히 나이 들지 않는 사람. 그 모두가 여기 함께, 그리고 나로서 살아가고 있다.

Episode 28.

시간이 내게
선물한 것

시간으로부터 나는 몇 가지 능력을 선물받았다. 그중에는
발소리만으로 걸음의 주인을 구분할 수 있는 특별한 감각도
포함된다. 농담이 아니라 나름의 경험 데이터에 근거한 것이다.

안나와 헬렌, 크리스틴이 화장실을 가기 위해서는 반드시 내
방문 앞을 지나쳐야 했다. 그때마다 나는 침대에 누운 채 각자의
성격만큼이나 천차만별인 발소리를 들었다. 항상 에너지가 넘치는
헬렌은 100년 된 마룻바닥을 쿵쾅쿵쾅 걸으며 존재감을 과시했다.
문을 여닫을 때도 거침이 없다. 드물지만 크리스틴이 저 혼자
화장실에 갈 때도 독특한 리듬을 감지할 수 있었다. 요란스러운 건
헬렌과 마찬가지지만 박자가 조금 다르다. 스텝이 엉킨 쿵, 쾅쿵,
쾅이랄까.

앞의 두 사람에 비하면 안나의 걸음은 나비처럼 가벼웠다.
바닥을 울리는 소리가 거의 들리지 않는다. 대신 바짓단이 사락사락

스치는 소리가 공기 중에 흩어졌다. 활처럼 휜 안짱다리 때문인 듯했다. 복도를 오가는 저들의 걸음이 방문 너머로 전해질 때마다 나는 말로 형언하기 어려운 애틋함을 느꼈다. 지금껏 누군가를 향해 이토록 주의 깊게 귀를 기울여본 적이 있던가.

그 밖의 다른 능력들은 발소리 감지 능력에 비해 특별하진 않지만 일상생활에서 매우 유용한 것이었다. 가령 카인이 휘리릭 갈겨쓴 메모의 필기체를 혼자서도 읽을 수 있다든가, 집으로 걸려 온 전화에 겁먹지 않고 응답하는 의연함을 갖게 됐다.

끈질기게 나를 괴롭혀온 영어도 해소의 기미를 보였다. 어휘와 표현력이 자연스레 늘기도 했지만, 자주 대화하는 상대의 말하는 습관과 억양, 목소리에 익숙해진 것이다. 그 말인즉 대화를 나눈 빈도가 적은 상대일수록 나의 스피킹 수준도 덩달아 떨어지고 만다는 다소 민망한 결론.

그럼에도 불구하고 반년 전에 비해 자신감이 붙은 것만은 분명했다. 딸의 근황을 묻던 제시카의 어머니가 느닷없이 내 영어 실력을 칭찬하던 그 밤, 나는 확신했다. 아! 유려한 발음이 중요한 게 아니구나. 차분한 톤으로 내 생각을 전달하는 것. 그 안정된 자신감이 마치 영어를 잘하는 것처럼 보이게 한다는 사실을 뒤늦게 깨달았다.

제시카는 몬그랜지하우스의 새로운 식구였다. 한 달간 이곳에서 지내며 캠프힐의 생활 방식과 규칙에 잘 적응할 수 있을지 확인하는 시간을 갖는 중이었다. 그녀의 첫인상은 금방이라도 부서질 것처럼 여린 모습이었다. 어머니의 곁에 바짝 붙어 앉아 손가락을 만지작거리는 동안 단 한 번도 고개를 들거나 눈을 마주치지 않았다. 괜찮을까. 우려가 앞섰지만 섣불리 판단하지 않기로 했다. 나 역시 몬그랜지에 적응하기까지 얼마나 속앓이를 했던가.

자폐증을 가지고 있지만 제시카는 안나와 확연히 달랐다. 세상과 담을 쌓은 듯 무심한 안나와 달리 제시카는 경계심이 많을 뿐 사람들을 향한 호기심을 숨기지 못했다. 불과 일주일 사이에 나와 제시카는 감정적으로도 제법 가까워졌다. 카인의 잔소리에 내 등 뒤로 쏙 숨는 모습이 마냥 사랑스럽다가도, 몸을 바들바들 떨며 불안해하는 그녀를 볼 때마다 안쓰러운 마음을 감추기 어려웠다. 제시카의 부모는 이틀에 한 번 꼴로 그녀를 보러 왔다. 좀처럼 마음이 놓이지 않아 근처에 숙소를 잡은 것이다. 자세한 속사정은 모르지만 제시카의 캠프힐 입성은 그녀뿐만 아니라 가족 모두에게도 커다란 변화임에 틀림없을 터였다.

제시카가 낯선 환경에 익숙해지는 동안 새 식구를 맞은 나와 카인 역시 부엌에서 한동안 허둥댔다. 단백질을 분해할 수 없는 제시카를 위한 식이요법을 익히느라 그랬다. 그녀의 어머니가 건넨 두툼한 서류에는 각종 음식의 단백질 수치가 기재되어 있었는데, 요리할 때는 반드시 이 기준에 맞춰 식자재를 계량해야 했다. 하루

기준치 이상의 단백질을 섭취했다간 기절을 하거나 이상 반응을 보일 수 있단다.

알레르기나 당뇨, 채식 등의 이유로 식이 조절이 필요한 구성원이 하우스마다 한두 명쯤은 꼭 있게 마련이라 새삼 놀라운 일은 아니었지만, 먹성 좋은 몬그랜지하우스 사람들만 상대해 온 나로서는 부담스러운 미션이었다. 그동안 우리 중 어느 누구도 식이 조절이 필요한 경우는 없었기 때문이다. 한동안 잇몸으로만 식사해야 했던 안나를 위해 부드러운 빵과 수프를 준비한 게 전부였다. 하지만 큰 걱정은 없었다. 매일 반복하다 보면 차츰차츰 손에 익을 터였다. 제시카에게 시간이 필요하듯 그녀의 어머니와 아버지, 나와 카인 또한 마찬가지였다.

하지만 예외는 언제나 있는 법이어서 시간도 해결하지 못한 난제가 아직 남아 있었다. 예측 불가의 크리스틴이다.

어제는 별안간 그녀가 내 뺨을 가볍게 내리쳤다. 드라마의 한 장면처럼 턱이 돌아갈 만큼 힘주어 친 것은 아니었다. 심기가 불편하다는 일종의 제스처였고 운이 없게도 그녀의 손바닥이 내 얼굴에 닿고 만 것이다. 나와 카인은 그녀의 갑작스러운 행동이 최근 건강상의 변화와 관련이 있지 않을까 짐작했지만 무엇도 확실한 것은 없었다.

다른 한편으론 나와 크리스틴이 지나치게 밀접한 관계를 맺고 있는 게 문제일지도 모른다는 추측이 나왔다. 카인은 당분간 거리를 두고 지내는 편이 좋겠다는 충고를 건넸다. 헌신적인 내 자세가 오히려 문제일 수 있다니. 어쩐지 억울했다.

강아지 털처럼 북실북실 자란 크리스틴의 헤어스타일을 다듬기 위해 미용실을 예약했다. 그녀의 미용실행은 늘 화젯거리였다. 난생처음 가위를 잡은 초보 미용사에게 맡긴 것마냥 늘 더벅머리가 되어 돌아왔기 때문이다. 미용실은 불과 5분 거리였지만 크리스틴과 걸어서 가기는 불가능한 일이라 콜택시를 불렀다.

실내로 들어서자마자 머리에 롤을 만 손님들에게 쉴 새 없이 말을 붙이는 크리스틴을 자리에 앉히는 것부터 쉽지 않았다. 그녀가 "노!" 하고 거부하면 나는 "크리스틴!" 하고 다그쳤다. 그녀의 헤어스타일이 어째서 더벅머리일 수밖에 없었는지 이제야 알 것 같았다.

척척척. 자신의 물음에 친절히 답하면서도 흐트러짐 없이 머리카락을 자르는 미용사가 마음에 든 모양인지 크리스틴은 가만히 정면을 응시하기 시작했다. 그녀의 이러한 침착함은 한 달에 한 번 발톱을 손질받는 날에나 볼 수 있는 모습이었다. 등받이가 뒤로 젖힌 의자에 누웠다, 몸을 반쯤 일으켜 세웠다를 반복하며 부산히 수다를 떠는 크리스틴에게 맞장구를 치며 관리사는 길게 자란 발톱을 하나씩 처리해 나갔다. 옆에서 그 모습을 지켜보던 나는 관리사의 의연함에 입을 다물지 못했다. 크리스틴과 관리사 두 사람 모두 자연스럽고 편안해 보였다. 만약 나라면 어땠을까.

가장 먼저 나의 단호한 표정이 떠올랐다. 그녀의 어리광을 받아주지 않겠다는 얼굴이다. 이건 안 돼, 쉿 조용히 해, 혼자서도 충분히 걸을 수 있어. 초반의 조심스러웠던 말투는 함께 지낸 시간이 쌓일수록 점점 명령조에 가까웠다. 누구보다 그녀를 잘 알고 있다는 생각에서 비롯된 배려가 거절당할 때마다 나는 크리스틴에게 짜증을 부렸다.

어떤 날은 기어이 목소리가 높아졌다. 그때마다 나는 비난의 화살을 그녀의 히스테리로 돌렸다. 내가 '안다고 착각한' 크리스틴은 감정 기복이 심한 사람이었고, 나는 그녀의 예민함을 내 분노의 핑곗거리로 삼았다. 크리스틴을 향한 나의 화살은 온당하지 않을뿐더러 비겁했다.

때때로 나는 그녀를 참아내기 어려웠다. 코워커 어느 누구에게도, 심지어 나 자신에게도 차마 털어놓을 수 없었던 진심. 그녀의 질문과 투정, 애정 표현으로부터 단 5분이라도 벗어나고 싶은 순간마다 나는 영화 〈케빈에 대하여〉의 에바를 떠올렸다. 울음이 터진 아이를 유모차에 태운 채 시끄러운 공사장 한복판으로 걸어 들어가던 그녀의 망연자실한 표정에서 나는 안도와 절망을 동시에

느꼈다.

크리스틴은 알고 있었을 것이다. 그녀의 놀라운 직감은 나의 이런 속내를 간파했을 게 분명했다. 우리의 시간은 깊어질수록 묘하게 어긋났다.

시계 없는
삶

빌리저들 중에는 시계를 보지 못하는 이들이 더러 있었다. 가끔 이들의 손목에 채워진 시계를 빌려 볼라치면 분침이 멈춰 있거나 엉뚱한 숫자를 가리키고 있는 경우가 허다했다. 그런데 놀랍게도 다들 시계 따위는 아무래도 상관없다는 듯 자신이 움직여야 할 타이밍을 정확히 알고 있었다. 언제쯤 출발해야 목적지에 제때 도착하는지 제대로 아는 것이다. 안나와 헬렌이 자리를 털고 일어나 성당으로 향하는 시간을 매번 확인해 보면 더도 말고 딱 미사 10분 전이었다.

이들의 몸에는 시간의 흐름을 감지하는 섬세한 센서가 장착되어 있는 게 아닐까. 혹은 몇십 년 동안 몬그랜지에서 생활하며 터득한 삶의 지혜인 것일까. 시시각각 휴대전화에 의지해 시간을 확인하는 나로서는 흉내 낼 엄두조차 나지 않는 감각이다. 천적이 없어 굳이 날아오를 필요가 없는 뉴질랜드의 키위 새처럼 어떤 사람들은 시계 없는 삶이 가능했다.

3월이 가까워지자 코워커들의 신변에 조금씩 변화가 생겼다. 더스틴과 대니가 머잖아 독일로 돌아갈 예정인 반면, 마그다는 미국의 캠프힐 지원을 위한 서류 준비가 한창이었다. 이곳에서 2년을 보낸 그녀는 미국으로 건너가 심도 깊은 교육을 받고 싶다고 했다. 폴란드가 아닌 타국의 삶도 어느덧 익숙해진 듯 보였다. 새로운 자극과 외로움 사이를 적절히 오가며 스스로를 도닥일 줄 아는 마그다는 내게 닮고 싶은 인생의 선배와 같았다. 그녀는 결코 눈치채지 못했겠지만.

여하간 다들 각자의 사정에 따라 어떤 선택을 내리는 와중이었고, 누구도 그 결정을 대신해 줄 수는 없었다. 3월, 봄. 끝과 시작이 교차하는 계절. 나 또한 더 이상 고민을 미룰 수 없는 시점이었다.

티타임을 가지려고 찾은 정원에는 처음 보는 얼굴들이 먼저 자리를 잡고 있었다. 부활절 휴가를 앞두고 한 달여간 임시 근무를 하게 된 엑스-코워커ex-coworker들이었다. 이들은 휴가를 떠난 하우스패런츠를 대신해 집을 돌봐주는 대가로 주당 보수를 받으며 일을 했다. 자유롭게 국경을 오갈 수 있는 유럽인이기에 가능한 단기 아르바이트인 셈이다. 코워커 이력이 있으니 하우스패런츠는 안심하며 이들을 고용했고, 엑스-코워커들 역시 방학을 이용해

용돈을 벌 수 있으니 서로의 이해관계가 잘 맞아떨어졌다.

　엑스-코워커들의 근황부터 변함없는 몬그랜지 라이프에 대한 소소한 감상까지 대화의 주제는 다채롭게 흘러갔다. 잠자코 이야기를 듣던 나는 마음이 못내 쓸쓸해졌다. 마음만 먹으면 언제든 몬그랜지를 찾을 수 있는 그들의 여건이 부러웠다.

　한국인인 나는 겨우 1년짜리 체류 비자를 받기 위해 지난 10년치 주거지 이전 기록과 열 손가락의 지문, 범죄 내역을 증명해야 했다. 그뿐인가. 지금까지의 해외 출입국 기록, 전기세와 인터넷 요금 청구서까지 낱낱이 제출했다. 서류를 준비하는 내내 더럽고 치사하다는 말이 목구멍까지 차올랐다. 복잡한 비자 문제 때문에 나와 같은 아시아인을 거절하는 캠프힐도 수두룩하다는 점을 고려하면, 나는 운이 좋아 여기에 올 수 있었던 것이나 다름없다.

　국적과 인종, 경제력, 사회적 위치에 구애받지 않고 원하는 곳에서 원하는 일을 할 수 있는 경험이 얼마나 귀한지 저들은 알고 있을까. 코워커 생활이 끝나면 스페인으로 건너가 오렌지 농장에서 돈을 벌 것이라는 소피아의 들뜬 얼굴이 떠올랐다. 그녀는 또 다른 선택지로 프랑스 남부도 염두에 두고 있었다. 모두 한두 시간 안에 오갈 수 있는 거리다. 3개월 뒤 한국으로 돌아가는 나는 두 번 다시 몬그랜지로 돌아올 일이 없었다. 설사 그런 일이 생긴다 한들 그때는 손에 쥔 많은 것들을 포기한 뒤일 것이다. 비슷한 시기에 이곳에 도착한 나와 소피아의 결말은 이토록 다른 모습을 하고 있었다.

  "여기서 살다간 한없이 게을러질 것 같아."

  신혜는 몬그랜지에 대해 곧잘 이렇게 평하곤 했다.

  나는 그것이 이 마을에 데드라인이 없기 때문이라고 생각했다.
그런 까닭에 어떤 이들에게는 몬그랜지의 심심한 일상이 권태로
향하는 지름길처럼 느껴질 수도 있다.

  순간의 집중력으로 아드레날린을 폭발시키는 데 익숙한
사람들과 방송국에서 일한 적이 있었다. 그 쾌감을 동력 삼아 내일을
위한 에너지를 얻는 동료들과 달리 나는 매번 급격히 소모되어 갔다.
에너지가 재충전되기도 전에 다음을 향해 뛰는 것이 늘 벅찼고, 그런
스스로가 심약하게 느껴져 좌절했다.

  그때 우리가 다른 호흡을 가진 사람임을 누군가
알려주었더라면. 저들이 단거리 주자라면 나는 장거리에 걸맞은
선수라는 것을 깨달은 건 몬그랜지에서였다. 데드라인이 없는
이곳에서 나는 아무런 압박 없이 내게 맞는 속도를 찾아갈 수 있었다.

  하지만 한국의 트랙 위에서도 지금의 속도를 유지하며
살아갈 수 있을까. 어쩌면 그것은 몬그랜지라는 섬 안에서만
가능한 일인지도 모른다. 날 수 없는 새가 생존할 수 있었던 건 그
섬에 천적이 없기 때문이었다. 그러자 그동안 옳다고 믿은 이곳의

방식들이 오히려 독이 되어 내게 돌아올지도 모른다는 생각이 번뜩 들었다. 더 이상 전력 질주를 하지 않겠다는 다짐이 서울에서의 사회 복귀를 망칠 것만 같은 두려움이었다.

동시에 몬그랜지에 계속 남고 싶다는 막연한 바람이 가슴 한편을 두드렸다. 하지만 그것이 미래의 두려움을 회피하기 위한 선택이라면? 이직과 퇴사를 두고 갈팡질팡하던 게 엊그제인데, 질문은 메아리처럼 다시 돌아와 내게 따져 물었다. 네가 바라는 삶의 방향은 어디를 향해 있느냐고.

빛나는 무대를
갖추기 위한 조건

매일이 요즘과 같다면 세상은 정말 살 만한 곳임에 틀림없다. 부활절 주간을 맞아 빌리저들과 휴가를 온 뒤로 나는 먹고 자고 쉬는 본능에 충실한 일상을 누리는 중이었다.

게으른 나날이 가능했던 건 우리의 휴가지가 다름 아닌 몬그랜지 안의 오로라하우스이기 때문이다. 지난 크리스마스 홀리데이처럼 빌리저들이 다칠까, 사라질까 전전긍긍할 필요 없이 보통의 일상에서 노동만 제하면 될 뿐이었다. 집에서 불과 100미터 떨어진 장소에서 보내는 휴가라니. 누구의 간섭 없이 우리만의 느슨한 룰에 맞춰 생활할 수 있는 곳이라면 거기가 바로 세상에서 가장 안락한 여행지다.

4명의 코워커와 6명의 빌리저가 지내는 이 공간에서 우리는 평소보다 1시간쯤 늦게 일어나고 느지막이 식사를 했다. 세끼 중 한 끼는 꼭 외식을 했는데 가끔은 킬킬의 중국 식당에서 배달을 시켜

먹었다. 볶음밥과 볶음면, 새콤한 탕수육. 세계 어디를 가든 중국 음식은 게으른 자들의 편인가 보다.

뉴스에서는 때아닌 폭설로 인한 도로 통제 상황이 보도됐다. 몬그랜지 주변으로는 눈이 쌓이질 않아 상황의 심각성이 그다지 실감 나지 않았다. 나른한 공기를 마시며 집 안에서 뒹구는 게 지루해질 무렵 다 함께 드라이브를 나서기로 했다. 뉴캐슬에서 바다를 보고 맛있는 아이스크림도 먹을 계획이었다. 쨍하게 맑은 하늘을 보니 더 이상 눈이 올 것 같지 않았다.

첫 목적지가 어디인지도 모른 채 운전대를 잡은 마이클을 따라나서길 5분쯤 지났을까. 새하얀 설산이 눈앞에 나타났다. 마을 어디에서나 고개를 들면 보이는 몬 산맥이었다. 사시사철 푸르기만 한 줄 알았는데 겨울의 끝에서야 새하얗게 변한 얼굴을 보여주었다.

스팔가 댐 근처에 이르자 차량들이 가다 서다를 반복하기 시작했다. 좁은 1차선 도로 양쪽에는 눈더미가 허리까지 수북이 쌓여 있었다. 아차 싶었지만 돌아가기엔 이미 늦었다. 서행하는 차 안에서 우리는 창밖 풍경을 감상했다. 압도적인 광경에 보는 내내 탄성이 터져나왔다. 눈 덮인 평원 한가운데 저수지가 고요히 잠들어 있었다. 보드라운 내리막을 따라 눈썰매를 타는 아이들이 개울가의 돌멩이처럼 굴러다녔다. 앞으로 나아가길 포기한 마이클은 결국 도로 한쪽에 차를 세웠다.

차량 행렬에서 빠져나온 건 오히려 잘한 일이었다. 안에서 바라만 보던 풍경 속으로 우리는 텀벙 뛰어들었다. 백설기처럼 뭉친 눈덩이를 크리스틴의 손바닥 위에 올려놓고 부벼주자 그녀가 놀란 척 귀엽게 뒷걸음질쳤다. 무덤덤한 빌리저들과 달리 확실히 신이 난 쪽은 코워커들이었다. 나와 해영, 마그다는 설산을 배경으로 한껏 몸을 띄우며 점프샷을 시도했다. 연사로 찍은 10컷 남짓의 순간들 중에 세 사람이 동시에 하늘을 나는 장면은 어쩜 단 한 번도 없었다. 결국엔 각자의 타이밍대로 사는 것이다.

뉴캐슬의 바다는 설산의 투명한 풍경과는 또 다른 분위기였다. 영롱한 물빛은 살얼음처럼 차가워 보였지만 동시에 마음을 편안하게 가라앉혔다. 겨울이라 그런지 해변은 여느 때보다 조용했다. 지난 봄처럼 모래성을 쌓는 아이들과 벤치에 나란히 앉아 대화를 나누던 노인들의 정다운 모습은 찾아보기 어려웠다. 계절에 맞춰 옷을 갈아입듯 바다도 그에 어울리는 풍경을 걸치는 것일까.

나는 눈앞에 놓인 오늘의 풍경을 오래도록 마음에 담아두고 싶었다. 190센티미터는 족히 넘을 마이클 옆에 찰싹 붙어 팔짱을 낀 안나의 뒷모습을, 비행운이 남은 하늘을 손가락으로 가리키며 오래도록 바라보던 마틴의 얼굴을. 몬그랜지에서의 일상은 약속된 시간 안에서만 유효한 것이었다. 그 밖을 나서는 순간 지금껏 나와 함께한 사람들이 순식간에 사라질 것만 같았다. 야속하게도 약속된

시간이 이제 얼마 남지 않았다.

여백이 많은 하루였지만 부족함은 조금도 느껴지지 않았다. 오늘의 성취라고 해봐야 무사히 눈길을 뚫고 뉴캐슬에 도착해 아이스크림을 먹은 일 정도였다.

풍족한 삶을 완성하는 데 필요한 조건이란 대체 무엇일까. 아무래도 안정된 직장과 무난한 취미 생활 하나쯤은 있어야겠지. 주기적으로 안부를 챙기는 친구들도 있어야 할 테고, 1년에 한두 번쯤은 해외 여행도 다녀와야 하지. 결혼을 하더라도 아이는 아직이지만, 만약을 위해 좀더 체계적으로 재정 관리를 해야겠지. 그렇게 평생을 걸쳐 하나씩 갖춰나가면 내 삶은 완성된 무대처럼 반짝반짝 빛나게 될까.

돌아오는 차 안에서 나는 하루 동안 찍은 사진들을 하나씩 넘겨보았다. 단순해서 아름다운 풍경과 단순해서 사랑스러운 사람들이 담겨 있었다. 해변을 걷는 동안 우리는 둘이었다가 혼자였다가 때로는 다 함께 손을 잡은 채였다.

PART 3. 나는 장거리 주자입니다

다정한 것들이
그립다

며칠을 고민한 끝에 드디어 총 3개의 항공권을 결제했다.
비행기 티켓에 기재된 목적지는 모두 달랐다. 이탈리아 밀라노,
이집트 샴엘셰이크 그리고 대한민국 인천. 집으로 돌아갈 날이 얼마
남지 않았다.

원한다면 몬그랜지에서 1년을 더 지낼 수도 있었지만 그러지
않기로 했다. 나는 미래를 치밀하게 계획하는 사람은 아니다. 하지만
적어도 내 삶이 이곳에 있지 않다는 것만은 확신할 수 있었다.
한국에서 다시 무언가를 시작해야 한다는 두려움이 들 때마다 나의
그런 생각은 더욱 견고해졌다. 언제까지 안전한 지붕 아래에서 비를
피할 수만은 없었다.

다행스러운 건 지금의 나는 1년 전의 나와 분명 달라졌다는
사실이었다. 서울은 여전히 바쁘고 치열할 테지만, 달라진
나는 그곳에서 예전과 같은 방식으로 살아가지 않을 것이다.

몬그랜지에서의 경험이 내 인생의 반짝 이벤트로 전락하지 않기
위해서라도 나는 그래야만 했다.

통장 잔고가 80만 원 남짓. 매달 모은 포켓머니까지 모두
합치니 약 150만 원을 여행 경비로 쓸 수 있을 듯했다. 마음 같아선
터키 북부를 통해 이란을 여행한 뒤 시베리아 횡단열차를 타고
한국에 입성하고 싶지만 비용이 만만치 않았다. 고민 끝에 나름의
타협점으로 이집트를 선택했다. 이슬람 문화에 대한 호기심을 충족해
주는 여행지인 데다 현지 물가가 무척 저렴했다. 마음만 먹으면 한
달쯤도 너끈히 버틸 수 있을 것 같았다. 게다가 이탈리아 밀라노에서
이집트 샴엘셰이크로 향하는 편도 금액이 10만 원이 채 되지
않았다. 비행기 티켓을 사자마자 아마존 웹사이트에서 《론리 플래닛
이집트》를 주문했다.

앞으로의 계획이 말끔히 정리되면 모든 게 홀가분해질 줄
알았건만 무슨 이유 때문인지 지난 며칠 동안 컨디션이 좋지 않았다.
영하권의 살인적인 추위는 없지만 사계절 내내 뼛속 깊이 스미는
서늘함 때문에 감기 기운은 늘 끌어안고 지낸 터였다. 그런데
이번에는 제대로 몸살이 찾아왔다. 격렬한 운동을 한 것처럼 근육이
사정없이 쑤시고 하루에도 몇 번씩 배앓이를 했다. 카주가 건네준
감기약과 허브 오일도 효력을 발휘하지 못했다. 참다 못해 어제는
도로 위에 구토까지 하고 말았다. 해영, 신혜와 함께 벨파스트 근처의

아웃렛에 가던 길. 멀미가 나는가 싶더니 갑자기 구역질이 치밀어 급히 차를 세우고 속을 비워냈다.

컨디션 난조 탓인지 기분마저 덩달아 롤러코스터를 탔다.

며칠 전에는 사람들 앞에서 꺼이꺼이 울고 만 일도 있었다. 자동차 문에 손가락이 끼어 끝이 살짝 부풀어 오른 경미한 사고 때문이었다. 사실 손가락의 통증은 미미했다. 그저 내겐 울음을 터트릴 계기가 필요했던 것이다.

팽팽히 당겨 있던 나의 예민함은 결국 니콜과 아웅다웅 신경전을 벌이는 지경에 이르렀다. 언성을 높이지는 않았지만 적대적인 분위기가 우리 둘 사이에 흘렀다. 괜한 고집을 부리고, 상대의 말을 한 귀로 흘려버리는 니콜의 무심한 태도는 새삼스러운 것이 아니었다. 문제는 나였다. 굴러다니는 돌멩이에게도 시비를 걸고 싶었던 나는 그녀의 무신경함이 못마땅했다. 냉랭한 기운을 눈치챈 마이클이 화해 자리를 마련해 주지 않았다면 그날 밤 나는 후회와 자책을 안고서 밤새 뒤척거렸을 것이다.

몬그랜지하우스에서 제공하는 국제전화로 엄마와 짧게 통화했다. 이곳에서 지낼 날이 한 달여 남았고, 항공권도 끊었다는 소식을 전했다. 수화기 너머로 안도의 기색이 느껴졌다.

집에는 한 달에 한 번꼴로 연락했다. 그때마다 엄마는 영어는 좀 늘었느냐, 밥은 입에 잘 맞느냐, 사람들과는 잘 지내느냐 하고 매번 똑같은 질문을 던졌다. 응, 생활 영어는 늘었지. 글쎄, 재취업할 때 영어가 도움이 되지 않을까. 여기는 감자가 맛있어서 밥처럼 먹어. 미리 외워둔 답안을 읊듯 말을 늘어놓았다. 지금껏 엄마에게 거짓말을 한 적은 없다. 하지만 모든 것을 말하지는 않았다. 그 편이 서로의 정신건강에 이로울 것이라 생각했다.

통화를 끝낸 뒤 곧장 방으로 돌아왔다. 혹시나 하는 마음에 와이파이를 켜보았지만 신호가 잡히지 않았다. 휴대전화를 들고 복도로 나가보았다. 꿈뻑꿈뻑. 한 칸이었던 신호가 부채 모양으로 활짝 펴졌다. 장애물이 많은 탓인지 내 방에서는 와이파이 신호가 잘 잡히지 않았다. 여러 차례 조에게 건의한 끝에 한국에서는 상상도 못 할 큰 금액을 들여 랜선을 설치했지만 소용없긴 마찬가지였다. 거실에서도 와이파이는 잡혔지만 빌리저들과 함께 있는 동안에는 휴대전화를 쓰지 않는 게 불문율이었다.

복도 끄트머리에 쭈그리고 앉아 페이스북에 접속했다. 제때 읽지 못한 코워커들의 메시지가 쌓여 있었다. 휴대전화가 없는 코워커들은 페이스북을 통해 약속을 정하거나 소식을 전했다. 그중 하나는 소피아가 보낸 것이었다. 카인이 만든 홈메이드 요거트를 한 스푼만 얻고 싶다는 내용이었다. 그것을 발효균 삼아 저도 직접 요거트를 만들어보려는 듯했다. 잠깐 고민한 끝에 저녁 식사 전에

몬그랜지하우스로 오라는 답장을 보냈다.

며칠 전 업로드했던 사진과 글에는 친구들의 감탄 어린
댓글이 달려 있었다. 몬그랜지 주변의 푸른 하늘과 들판, 한 아름
쥔 들꽃을 찍은 사진에는 이보다 더 아름답고 평온할 수 없다는
멘트를 덧붙였다. 결코 과장은 아니었다. 그 순간 경험했던 내면의
평화는 오히려 그 이상이었다. 나는 툭하면 산책을 하고 게으름을
피우던 나날들을 자랑하고 싶어 안달이 났다. 그때마다 페이스북을
열어 장문의 글을 써 내려갔지만 결국엔 모두 지워버렸다. 거짓말은
아니었지만 그것이 내 일상의 모든 것은 아니었다. 모든 것을 말하지
않았다는 사실이 나를 멈칫하게 만들었다.

피드에 나열된 친구들의 근황은 크게 달라진 게 없어 보였다.
좋든 싫든 꾸역꾸역 직장을 나가고, 주말에는 트렌디한 카페에서
기분 전환을 시도하는 평범한 20대 후반의 일상. 불과 1년 전의 내
모습이건만 까마득히 멀게 느껴졌다.

그리웠다. 지랄맞게 떠들고 지랄맞게 화를 내며 서로의 불행을
앞다퉈 자랑하던 그 시간이. 대화의 주제는 늘 결혼과 돈, 야근, 꿈과
현실, 자아실현, 직장 상사에 머물러 있었고, 긍정과 희망의 메시지는
어느 누구의 입에서도 좀처럼 나오지 않았다. 목이 쉬도록 불만을
토로할 뿐 바꾸려는 의지는 없었다. 그렇다고 해서 아주 소모적인
만남인 것만은 아니었다. 적어도 지난 일주일치의 분노 정도는

해소할 수 있었으니까.

무엇 하나 마음에 들지 않는 것투성이였지만, 그럼에도 끌어안을 수밖에 없는 나의 자리가 그리웠다. 몬그랜지의 안락한 일상은 내 것이 될 수 없었다. 한국으로 돌아가야겠다고 결심하게 된 건 결국 그 때문이었다.

생각이 여기까지 미치자 나는 하루빨리 이곳을 벗어나고 싶은 지경에 이르렀다. 몬그랜지를 향한 애정이 단숨에 바닥을 쳤고 허무함이 밀려들었다. 스스로도 납득하기 어려운 마음의 굴곡을 감당하느라 지난 며칠을 앓았던 것일까. 어서 친구들을 만나 지랄맞게 떠들고 싶었다. 욕을 섞어가며 이곳에서 내가 얼마나 외롭고 두려웠는지, 하지만 또 얼마만큼 행복했는지. 할 수만 있다면 지난 365일을 분 단위로 쪼개어 들려주고 싶었다.

이렇게나 대책 없는 나를 가만히 품어줄 사람들 속으로 달려가고 싶다. 내게 다정한 것들이 너무도 그립다.

우리의

부엌

완벽하지 않은 언어로 생활하는 동안 나는 무수한 감정의 변화를 속으로 삼켜야만 했다. 찰나의 기쁨과 서글픔, 즐거움을 충분히 표현할 만큼의 순발력이 내겐 없었다. 그런 까닭에 사람들과의 대화는 늘 막연하게 끝이 났다. 나는 자주 외로움의 그늘 아래 몸을 웅크렸다. 그 시간을 버틸 수 있었던 건 해영의 부엌에서 보낸 긴 밤 덕분이었다.

음식을 요리하고 함께 나눠 먹길 좋아하는 해영은 나와 신혜의 든든한 언덕이 되어주었다. 속상한 일이 생길 때마다 우리는 해영의 부엌으로 달려가 그녀가 만들어준 따뜻한 음식을 아기 새처럼 받아먹었다. 진지하게 고민 상담을 하거나 눈물을 왈칵 쏟으며 토로하는 일은 좀처럼 없었다. 그저 맛있는 야식을 먹으며 미운 상대를 실컷 욕하고 맞장구를 쳐주는, 그런 수더분한 밤을 보내고 나면 기분이 한결 나아졌다.

그날의 부엌이 없었다면 나의 지난 시간은 얼마나 삭막했을까. 상상하기조차 어렵다.

Episode 32.

화려했던
마지막 일주일

맙소사, 몸무게가 10킬로그램이나 늘었다. 입고 있던 패딩 점퍼를 벗어던지며 나는 해영이 있는 부엌 쪽을 향해 꽥 소리를 질렀다.

"이거 제대로 작동하는 거 맞아? 고장 난 거지, 그렇지?"

몬그랜지에 온 한국인은 기필코 살이 쪄서 돌아간다는 흉흉한 소문은 익히 들어 알고 있었지만 내겐 해당되지 않는 이야기라 생각했다.

믿기 어려운 10킬로그램의 정체를 밝히기 위해 나는 지난 생활 패턴을 하나씩 되짚어보았다. 손이 닿는 곳마다 음식과 군것질거리가 놓여 있다. 베이커리에서 구운 쿠키와 아스다에서 종류별로 사 온 감자칩, 캐러멜로 속을 채운 비스킷이 책 대신 책장을 채웠고, 책상 위에는 먹다 만 스콘과 바짝 마른 빵이 널브러져 있다. 무기력하거나 짜증이 날 때마다, 때로는 아무 이유 없이 야금야금 먹은 것들이다.

점심 식사 뒤 후식으로 한입, 크리스틴과 안나의 목욕을 돕고 난 뒤 피곤해서 한입, 눈에 보이길래 한입, 자기 전에 아쉬워서 한입. 분 단위로 뚝뚝 떨어지는 당을 보충하기 위해 약처럼 먹던 것이 습관이 되어버렸다.

화병에 꽂을 수선화를 꺾어 오겠다는 핑계로 워크숍 도중 빌리저들과 함께 산책을 나섰다. 나란히 걷던 글라디스에게 다이어트 의지를 내비쳤더니 그녀 역시 함께 하겠다며 의욕을 보였다. 여기에 한술 더 떠 함께 파워워킹을 하지 않겠냐고 제안했다. 뛰는 건 싫지만 운동의 필요성은 느끼는 글라디스다운 생각이었다. 그러고 보니 무작정 달리는 것보다 텐션을 유지하며 빠르게 걷는 운동이 효과가 높다는 기사를 언뜻 본 것 같았다. 달리기라면 질색인 나 역시 '파워'와 '워킹'이라는 타협적인 표현이 꽤 마음에 들었다. 내친김에 바로 오늘 밤부터 파워워킹에 도전하기로 했다. 경로는 몬그랜지 입구부터 킬킬까지. 보통 걸음으로 30분 정도 걸리는 거리다.

우려와 달리 나와 글라디스는 작심삼일의 벽을 가뿐히 넘어섰다. 가볍게 산책하는 기분으로 나선 덕분이다. 격한 운동 뒤에 찾아오는 피로나 근육통이 없다는 점도 한몫했다. 글라디스와 함께 나란히 걷는 시간은 편안했다. 다른 코워커들에 비해 물리적으로 함께한 시간이 긴 탓도 있지만 단지 그것만은 아니었다. 지난여름 내 안의 자격지심을 그녀 앞에서 고스란히 터트린 날부터였을까. 그날을

PART 3. 나는 장거리 주자입니다

계기로 나는 이전보다 자연스럽게 행동할 줄 알게 됐다. 대화를 이어가야 한다는 부담감을 떨쳐냈고, 애써 웃는 일에 에너지를 낭비하지 않았다. 늘 이 상태를 유지한 건 아니지만 적어도 그런 인식이 내게 생겼다.

왜 하필이면 글라디스였을까. 그 자리에 주디스나 헤이즐이 있었더라도 내 허물을 벗어던질 수 있었을까. 확신할 수 없다. 어쩌면 내게 글라디스는 거울 같은 존재였는지도 모른다. 20대 후반의 여성이자 이방인으로서 느낀 그녀의 지난 경험은 오롯이 내가 겪어온 과정이기도 했다. 흐지부지된 미국 캠프힐 준비, 비자 갱신, 몬그랜지 체류와 보츠나와로 귀국하는 것 사이의 갈등. 구체적인 상황은 다르지만 고민의 본질은 결국 닮아 있었다. 국적과 인종, 문화를 넘어선 보편성이 나와 그녀 사이를 연결해 주었다.

그나저나, 마이라는 잘 지내고 있을까.

"너무 위험해 보이던데."

어제 캄캄한 도로변을 따라 걷던 나와 글라디스를 반대편 차 안에서 발견한 해영이 걱정스러운 기색을 내비쳤다. 몬그랜지 주변의 도로는 서울에 비하면 거의 암흑 수준이었다. 드문드문 가로등이 설치되어 있는 도로 양쪽으로는 들판과 몇 채의 집이 전부였다. 게다가 인적이 드물어 하나같이 규정 속도 이상으로 달렸다. 그런

길을 손전등도 없이 뚜벅뚜벅 걸을 생각을 하다니. 해영의 일침에 그제야 얼마나 위험천만한 짓을 했는지 알아차렸다. 하지만 파워워킹을 중단해야 할 만큼 심각하다는 생각은 들지 않았다. 어떤 미친 운전자가 일부러 나를 향해 돌진하지 않는 한 사고가 날 리 없었다. 엉덩이를 쭉 빼고서 엉거주춤 걷는 두 여자의 정체가 궁금해 슬그머니 접근할 순 있겠지만.

평소처럼 나와 글라디스는 앞뒤로 간격을 두고 파워워킹을 시작했다. 수다를 떨면 속도가 처진다는 사실을 깨달은 우리는 이어폰을 꽂고 각자의 리듬을 따라가기로 했다. 그렇게 10분쯤 지났을까. 반대쪽 차선의 승용차 한 대가 우리 쪽으로 달려왔다. 창문을 죄다 열어두고 떠드는 모양인지 몹시 시끄럽다고 생각하던 찰나, 픽 하는 둔탁한 소리와 함께 딱딱한 물체가 내 허벅지로 날아왔다. 당황한 나는 글라디스를 불러 세우고 아이폰에 내장된 손전등을 켰다. 불빛을 비춰보니 바지는 물론이고 운동화와 점퍼 곳곳에 끈적이는 액체가 묻어 있었다. 냄새나 질감이 달걀인 듯했다. 도로 한복판에서 난데없는 달걀 세례라니. 범인은 방금 전 지나간 승용차임이 분명했다. 술 취한 놈들의 짓일 거라며 글라디스가 나를 달랬다. 몬그랜지로 돌아갈까 했지만, 반대편으로 사라진 저들을 다시 만날 것 같지 않아 가던 길을 마저 걷기로 했다.

순식간에 벌어진 소란이 잠잠해지자 주위는 다시 고요해졌다.

아까보다는 좀더 간격을 바투 두고서 우리는 킬킬 쪽으로 향했다. 펍과 테이크아웃 음식점, 주류 판매점의 눈부신 간판이 시야에 들어오자 마음이 한결 놓였다. 저기엔 사람이 있을 것이라는 신호였다. 혹여나 무슨 일이 생기더라도 달려가 도움을 청할 수 있었다. 반환점인 중국 식당 앞을 지나 방향을 틀려는데 글라디스의 어깨 너머로 라이트를 밝힌 승용차 한 대가 보였다.

설마⋯⋯!

순식간에 글라디스마저 달걀 공격을 당했다. 잽싸게 도망가는 차의 뒤꽁무니를 향해 소리를 질렀지만 이미 늦었다. 도움을 요청할 새도 없이 놈들은 도망갔고, 달걀을 맞은 자리가 얼얼했다.

"어서 빨리 돌아가야겠어. 느낌이 좋지 않아."

빠른 걸음으로 뛰다시피 가면 20분 안에 도착할 수 있을 터였다. 글라디스와 나는 할 말을 잃은 채 묵묵히 몬그랜지로 향했다. 진작 돌아갔어야 했다는 후회가 밀려들었지만 이제 와 어쩔 수 없었다. 부디 아무 일 없길 기도하는 수밖에.

하지만 진짜 위협은 이제부터 시작이었다. 우리가 걸어온 방향을 따라 달려오던 승용차가 갑자기 멈춰 서더니 서너 명의 무리가 대로변으로 내리는 게 아닌가. 그들은 알아들을 수 없는 괴성을 지르며 우리 쪽으로 달걀을 던지기 시작했다. 거리가 먼 탓에 달걀은 바닥으로 떨어졌지만 차 밖으로 정체를 드러낸 돌발 행동에 가슴이 덜컥 내려앉았다. 팔다리가 덜덜 떨려왔다. 완벽한 공포였다.
타깃이 되어 공격을 당하고 있다는 느낌이 들자 두려움은 걷잡을
수 없이 커졌다. 건장한 남성 무리와 2명의 여성, 인적 없는 도로.
우리 둘에겐 SOS를 칠 연락 수단조차 없었다. 앞으로 나아가기를
포기한 나와 글라디스는 눈에 보이는 아무 담장 아래로 숨어들었다.
땅바닥을 더듬은 나는 주먹만 한 돌 하나를 찾아 손에 쥐었다. 만약을
대비한 것이었다.

　이후로도 그들은 두 차례나 더 나타나 차선을 바꿔가며 달걀을
던지고 괴성을 질러댔다. 저 멀리 몬그랜지가 보이기 시작하자
분노와 두려움이 엉킨 사나운 목소리가 내 안에서 터져나왔다.
울부짖음에 가까운 소리였다. 몬그랜지의 어느 누구에게도 들릴 리
없겠지만, 누구라도 듣길 바랐다. 그 순간 할 수 있는 일이라고는
기껏 욕을 하고 소리 지르고 손에 돌멩이를 쥐는 게 전부였으므로.
무엇도 할 수 없다는 무력감이 나를 절망감에 빠트렸다.

　아침 식사를 끝낸 뒤 카인에게 악몽과 같았던 지난밤에 대해
이야기했다. 나뿐만 아니라 많은 코워커들이 밤마다 자전거를
타거나 걸어서 외출을 하기 때문이다. 어제 한바탕 분노를 쏟아내고
나서인지 더 이상 눈물은 나지 않았다.

　조가 킬킬의 경찰서에 신고하자마자 그날 오후 나는 조서를

작성했다. 생각지도 않은 상황 전개에 사실 조금 당황했다. 범인을 잡을 수 있을 것이라는 기대도 없었거니와, 이 일이 수사감이라는 생각조차 하지 못했기 때문이다. 안일했다.

조사 내내 조가 보호자 자격으로 함께 자리를 지켜주었다. 손바닥은 이미 땀으로 흥건히 젖은 상태였다. 내 진술을 꼼꼼히 받아 적으며 경찰은 끊임없이 질문을 던졌다. 승용차가 다가온 방향, 달걀을 던진 횟수, 맞은 위치, 사람의 수, 인상착의 등. 가능한 한 정확히 답하고 싶었지만 말을 할수록 머릿속이 더욱 혼란스러웠다. 긴장감에 쉬운 단어조차 번뜩 떠오르지 않았다. 진술이 마무리되어 갈 때쯤 나는 한참을 망설인 끝에 한마디 덧붙였다.

"왜 하필이면 아시아인과 아프리카인이었을까요?"

내 입에서 인종차별이 언급되자 경찰은 당혹스러운 기색을 감추지 못했다. 유럽인들이 인종차별 문제에 몹시 민감하다는 사실을 나는 잘 알고 있었다. 조심스러웠지만 도무지 묻지 않을 수 없었다.

고맙게도 평소 페이스북을 활발히 사용하는 콜렛이 자신의 피드에 목격자를 찾는 글을 올려주었다. 댓글 제보에 따르면 피해자는 나 말고도 여럿이 더 있었다. 10대로 추정되는 무리가 술에 취해 온 동네를 들쑤시고 다닌 듯했다. 다행이라고 해야 할까. 인종차별의 가능성은 그나마 낮아졌다. 저녁에는 경찰관이 다시 찾아와 호신용 호루라기와 작은 손전등을 건네주었다. 그는 내가 떠나기 전 반드시 범인을 잡겠다며 부디 북아일랜드에 대한 좋은 기억만 가져가 달라고 말했다. 몬그랜지에서 남은 시간은 불과 10일 남짓. 얼마 남지 않은 하루하루를 경찰 수사로 장식할 줄은 꿈에도 몰랐다.

사건이 있은 지 일주일 만에 범인이 잡혔다. 워낙 작은 지역사회인 데다 피해자가 속출한 탓인 듯했다. 경찰서의 연락을 받은 조가 진행 상황을 설명해 주었다.

"차에 타고 있던 사람들은 모두 4명이고 10대로 밝혀졌어. 아직 나이가 어려서 처벌을 받진 않지만 일정 기간 동안 감시를 받게 될 거야. 경찰 말로는 네가 원한다면 그들을 만나 직접 사과를 받을 수도 있대. 어때, 괜찮겠니?"

가해자와 피해자가 직접 대면하는 상황은 결코 상상해 본 적 없는 그림이었다. 추측에는 법적인 처벌이 어려운 대신 진심 어린 사과라도 받게 하려는 나름의 배려인 듯했다. 하지만 내 인생 최악의 공포를 안겨준 미친놈들의 얼굴을 굳이 알고 싶지 않았다. 혹여 길에서 그 녀석들과 마주치기라도 한다면 그 불쾌함을 어떻게 견딜 것인가. 차라리 모르는 편이 나았다. 그러나 마음 한구석에는 반대 의견이 움트고 있었다. 대체 어떤 인간들인지 두 눈으로 똑똑히 확인하고 싶은 분노였다. 글라디스는 그들을 만나는 데 한 표를 던졌다. 이왕 이렇게 된 거 사과라도 받고 떠나자는 심정으로 나 역시 동의 의사를 밝혔다.

　1평 남짓한 직사각형의 방에는 앳된 얼굴의 두 사람이 나란히 앉아 있었고, 그들 곁을 각자의 형과 어머니가 지켜주었다. 잔뜩 긴장해 있던 나는 그들의 얼굴을 마주한 순간 형용하기 어려운 허탈감에 빠졌다. 겁에 질린 10대 청소년의 불안한 표정과 눈동자, 사과를 거듭하는 순진한 목소리. 차라리 험상궂은 사내의 얼굴이었다면 가차 없이 분노하고 비난했을 텐데. 지금 내 눈앞의 이들은 어설픈 어른 흉내를 내는 소년과 소녀일 뿐이었다. 팽팽하게 당겨 있던 활시위가 맥없이 바닥에 떨어졌다. 화를 낼 의지조차 생기지 않았다.

　마지막으로 하고 싶은 말이 있는지 경찰이 물었다. 사과만 받고 돌아오려 했지만 막상 얼굴을 보고 나니 생각이 바뀌었다. 그들의 의도가 무엇이었든 그날 밤 내가 느낀 공포를 정확히 알려야 했다. 떨리는 목소리를 애써 진정시키며 나는 입을 열었다.

　"나와 마주 앉은 지금 이 시간을 반드시 기억해야 할 거야."

　경찰서에서 돌아온 뒤 나는 글라디스를 데리고 몬그랜지하우스의 뒤뜰로 향했다. 벤치에 앉아 바라보는 마을은 한결같이 평온했다. 새소리, 이따금 부는 바람, 포슬거리는 햇살. 긴장으로 뭉쳐 있던 몸이 이제야 스르르 녹아내렸다. 지난 며칠

사이의 마음고생도 몬그랜지의 평화로운 기운 앞에선 어쩔 도리가 없었다. 글라디스가 사과의 의미로 가해자의 부모에게 받은 초콜릿 상자를 가방에서 꺼내 들었다. '어쩌지?' 그녀의 눈빛이 내게 물었다.

"다 먹어 없애버리자. 그러고 나면 기분이 나아지지 않을까."

우리는 손을 뻗어 낱개 포장된 초콜릿을 하나씩 꺼내 먹기 시작했다. 좀처럼 누그러들 것 같지 않던 분노와 서러움이 달콤쌉싸름한 초콜릿과 함께 녹아내렸다.

이별 없는
작별 인사

주방을 정리하고 있는 내 옆으로 다가온 안나가 불쑥 쪽지 한 장을 내밀었다. 털실이 필요하다는 이야기겠거니 하며 받아 든 종이에는 뜻밖의 내용이 담겨 있었다.

song leave soon

늘 세상에서 가장 무심한 눈빛을 하고 있더니 이런 식으로 나를 뒤흔들 줄이야. 알려지면 안 될 소식을 들킨 사람처럼 나는 안나를 향해 멋쩍은 웃음을 보였다.

"맞아요, 며칠 뒤면 집으로 돌아갈 거예요."

내 말을 재차 확인하듯 안나는 손가락으로 다시 한번 종이를 가리키더니 금세 제 방으로 총총 사라졌다. 1년 전 처음 만난 그날처럼 특별히 반가워하지도, 슬퍼하지도 않는 그녀의 덤덤한 반응은 오히려 다행이었다.

어제오늘 나는 근사한 식사를 대접받았다. 한 끼는 하우스

식구들과, 다른 한 끼는 베이커리 팀의 사람들과 함께했다. 스토어 팀에서는 북아일랜드의 자연을 담은 그림엽서 세트와 편지를 선물했다. 우리 중 누구도 다시 만나자는 기약 없는 약속을 섣불리 하지 않았다. 그저 서로의 행운을 빌어줄 뿐이었다.

그동안 꼭 해보고 싶은 일이 있었는데 이제야 드디어 실행에 옮겼다. 그것은 바로 혼자서 자전거를 타고 몬그랜지 밖을 벗어나기. 후진은커녕 직진밖에 할 줄 모르는 초보 라이더에게 바깥세상은 온갖 장애물이 도사리는 위험천만한 장소였다. 그러다 보니 자전거의 용도는 주로 집과 집 사이를 반짝 이동하는 수준에 머물렀다.

나 홀로 자전거 외출을 결심한 건 좌우 회전이 자연스러워지면서였다. 엉덩이를 안장에서 떼고 달린다든가 핸들에서 손을 놓는 고급 기술은 익히지 못했지만 나는 이제 직진과 좌회전, 우회전을 모두 할 줄 알게 됐다. 아슬아슬하게나마 급커브를 돌고 뒤를 도는 것도 가능했다. 1년 전보다 갈 수 있는 길이 훨씬 많아졌다.

자전거를 끌고 힐팜에 올랐다. 힘 좋은 코워커들이야 자전거를 타고 단숨에 올랐겠지만 내겐 아직 역부족이었다. 언덕을 가르는 내리막길 끝으로 밖을 오가는 출구가 보였다. 호흡을 가다듬은 뒤 오른쪽 페달을 힘껏 밟았다. 비포장 길인 탓에 안장 위에 실린 몸이 통통 튕기기 시작했다. 그 와중에 가속도가 붙은 바퀴는 거침없이 길을 내달렸다. 브레이크를 쥔 손가락이 달싹거렸지만, 갑자기 멈춰 섰다간 앞으로 고꾸라질 게 분명했다. 그 대신 나는 소리를 꺅꺅 내지르며 밖으로 공포를 떨쳐냈다. 손잡이를 놓지 않는다면 나도, 자전거도 모두 무사할 것이다.

내리막을 벗어나 도로에 들어서니 자전거를 타기가 훨씬 수월했다. 전세라도 낸 것마냥 길 위에는 오직 나뿐이었다. 목적지는 따로 정해 두지 않았다. 타고난 방향치라 오로지 직진만 할 예정이었다. 양쪽으로 풀을 뜯는 양 떼가 심심찮게 보였다. 봄이 되자 들판은 갓 태어난 어린 양들로 가득했다.

쉬어 가기 좋은 널찍한 바위가 보이길래 자전거를 멈춰 세웠다. 가드레일 너머 까마득히 펼쳐진 북아일랜드의 들판은 바다를 닮았다. 초록의 풀과 나무로 물결치는 아름다운 바다를 나는 멍하니 바라보았다. 왜 이제서야 왔을까. 조금 더 일찍 용기를 냈더라면 더 많은 길을 달릴 수 있었을 텐데. 아쉬움이 들었지만 이것도 나쁘지 않았다. 비록 단 한 번뿐이었지만 오늘을 충분히 누렸으니 그거면 됐지 않은가.

처음이자 마지막 라이딩을 성공리에 마치고 곧장 신혜의 집으로 향했다. 빌리저들이 자리를 비운 거실은 조용했다. 신혜의 요리를 기다리며 느긋이 쉬고 있는데 거실 창 너머로 주디스가 보였다. 휴가를 앞둔 그녀가 미리 작별 인사를 나누기 위해 찾아온 것이었다.

멀찌감치부터 눈을 맞추며 나는 주디스를 맞이했다. 어깨를 끌어안은 동안 우리는 서로의 등을 가볍게 토닥였다. 인사는 여기까지인 줄로 알았다. 그런데 갑자기 뜨겁고 뭉클한 열기가 가슴 깊은 곳에서 울컥 솟아올랐다. 어떤 말을 해야 좋을지 좀처럼 떠오르지 않았다. 대신 끄응 하고 얕은 신음 소리가 흘러나왔다.

디데이가 정해진 뒤로 나의 모든 관심사는 한국에서의 새로운 시작을 향해 있었다. 더 이상 이곳에 없을 내 모습 따위는 상상하지 않았다. 끝보다 시작이 더욱 중요하다고 생각했다. 눈꺼풀을 빠르게 깜빡이며 애써 미소 짓던 주디스가 마지막이라는 말을 꺼냈을 때, 그제야 내 앞에 닥친 이별을 실감했다.

수요일 아침의 노랫소리, 카푸치노, 기도하는 시간, 탐스러운 사과나무, 크리스틴의 헬로우, 창문 너머로 비친 달, 안나의 바짓단 소리, 한낮의 티타임, 조의 벤조 연주, 지긋지긋한 빵, 어슴푸레한 새벽 공기, 니콜의 엉터리 댄스, 크리스마스 편지, 따뜻한 해영의 부엌, 그리고 우리가 나눴던 모든 눈 맞춤들.

방금 전까지 선명하게 빛나던 순간들이 과거를 향해 뒷걸음질쳤다.

공항으로 향하는 이른 아침. 아직 모두가 잠들어 있을 시간이었다. 이곳에 올 때 가져왔던 것보다 절반이나 작은 캐리어를

조용히 끌고 뒷문으로 향했다. 아무도 없을 줄 알았던 부츠룸에는 반려견 카라와 아침 산책을 나서려는 조가 신발을 갈아 신고 있었다. 나를 발견한 그는 가슴을 활짝 열어젖히며 포옹의 손길을 내밀었다. 그러고 보면 낯선 버스 터미널에서 서성이던 나를 가장 먼저 맞이해 준 사람 역시 그였다. 뜻밖의 우연에 마음이 순간 애틋해졌다.

이틀 전 하우스 식구들과 가진 마지막 식사 자리에서 나는 우리가 처음 만난 날의 대화를 떠올렸다.

"여긴 파라다이스는 아니야. 하지만 살기에는 꽤 괜찮은 곳이지."

이제 막 발을 디딘 코워커에게 자신이 얼마나 의미심장한 말을 던졌는지 조는 전혀 기억하지 못했다. 아무래도 상관없었다. 나조차도 오랫동안 잊고 있었으니까.

몬그랜지는 파라다이스였을까. 집으로 돌아가는 지금 이 순간에도 나는 여전히 그 답을 알 수 없었다. 아니 어쩌면, 질문이 잘못된 것은 아닐까. 존재하지 않는 답을 좇아 나는 세상에 없는 파라다이스를 찾아 헤매고 있는 것인지도 모른다. 내가 알고 있는 단 하나의 사실은 오직 이뿐이었다.

어딘가 허술해서 귀여운, 얄밉지만 기어이 사랑스러운 사람들이 북쪽 섬 어딘가에 살고 있다는 것.

천국은 아니지만 살 만한

초판 1쇄 발행 2017년 8월 30일 | 초판 2쇄 발행 2018년 2월 20일

지은이 송은정
펴낸이 김영진

사업총괄 나경수 | 본부장 박현미
개발팀장 차재호
디자인 팀장 박남희 | 디자인 김가민
사업실장 백주현 | 마케팅 이용복, 우광일, 김선영, 허성배, 정유, 박세화
콘텐츠사업 민현기, 이효진, 김재호, 강소영, 정슬기
출판지원 이주연, 이형배, 양동욱, 강보라, 손성아, 윤나라
국제업무 강선아, 이아람

펴낸곳 (주)미래엔 | 등록 1950년 11월 1일(제16-67호)
주소 06532 서울시 서초구 신반포로 321
미래엔 고객센터 1800-8890
팩스 (02)541-8249 | 이메일 bookfolio@mirae-n.com
홈페이지 www.mirae-n.com

ISBN 978-89-378-5758-4 03810

이 도서의 국립중앙도서관 출판예정도서목록(CIP)은 서지정보유통지원시스템 홈페이지(http://seoji.nl.go.kr)와 국가자료공동목록시스템(http://www.nl.go.kr/kolisnet)에서 이용하실 수 있습니다.(CIP제어번호: CIP2017019731)